I0674789

DU

STYLE ÉPISTOLAIRE

PRÉCEPTES ET MODÈLES

PAR

MADAME LA COMTESSE DROHOJOWSKA,

NÉE SYMON DE LATREICHE.

⸻❦⸻

TOME DEUXIÈME.

PARTIE DU MAITRE.

LIBRAIRIE CLASSIQUE DE PÉRISSE FRÈRES,

PARIS		LYON
NOUVELLE MAISON		ANCIENNE MAISON
RUE SAINT-SULPICE, 38		RUE MERCIÈRE, 49
ANGLE DE LA PLACE		ET RUE CENTRALE, 60

X

COURS

DE

STYLE ÉPISTOLAIRE

TOME DEUXIÈME

POUR LES MAITRES.

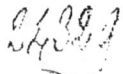

OUVRAGES DU MÊME AUTEUR :

Politesse et usages de la jeunesse française, choix nouveau de cent sortes d'écritures pour exercer la jeunesse à la lecture des manuscrits. 1 vol. in-8 cartonné.   1 40

Cours d'histoire et de géographie pour la jeunesse. 6 vol. in-18 cartonnés.   6 10

Approbation de Mgr l'Évêque de Beauvais.

MADAME LA COMTESSE.

Je n'ai pu lire moi-même votre *Histoire sainte* et votre *Histoire ecclésiastique* ; mais le rapport qui m'en a été fait par la personne à laquelle j'avais confié le soin de les examiner me permet de vous adresser mes félicitations les plus sincères. L'on n'a rien trouvé, dans ces deux petits ouvrages, qui ne fût conforme à la vérité historique et à la saine doctrine. Les faits sont racontés dans un style clair, facile et exact. Les réflexions sont bien fondues dans le récit et se distinguent par la justesse et la sobriété.

Je verrai avec plaisir que ces histoires soient adoptées dans les écoles primaires de mon diocèse.

Agréez, Madame la comtesse, l'assurance de ma considération distinguée.

JOS. AR., év. de Beauvais, Noyon et Senlis.

Approbation de S. E. le Cardinal Archevêque de Bourges.

MADAME LA COMTESSE,

Je viens de recevoir, avec la lettre que vous m'avez fait l'honneur de m'écrire les livres d'éducation que vous avez bien voulu m'envoyer. Je m'empresse, Madame, de vous remercier de votre bienveillante attention.

Je parcourrai ces ouvrages avec intérêt, et je suis dès à présent convaincu de leur utilité et de leur mérite. Je m'associe donc bien volontiers aux vénérables prélats qui les ont approuvés, et je forme comme eux, dans l'intérêt du bien, le vœu, que vos cours d'histoire se propagent de plus en plus. La jeunesse des écoles n'en pourra retirer qu'un très-grand fruit.

Agréez, Madame la comtesse, l'hommage des respectueux sentiments avec lesquels je suis votre très-humble et très-dévoué serviteur.

CÉLESTIN, card. du PONT, arch. de Bourges.

VOLUMES DÉJÀ PARUS :

Histoire sainte. 1 vol. in-18 cart.   0 90

Histoire ecclésiastique. 1 vol. in-18 cart.   0 90

Histoire ancienne. 1 vol. in-18 cart.   0 90

Histoire romaine. 1 vol. in-18 cart.   0 90

Géographie élémentaire. 1 fort vol. in-18 cart.   1 50

Histoire de France élémentaire. 1 vol. in-18 cart   1 00

Histoire des colonies françaises. 2 vol. in-12.   2 40

Le même ouvrage. 2 vol in-8.   4 50

Les femmes pieuses de la France, magnifique volume grand in-8 jésus, illustré de seize gravures, par MM. Jules Courtet et Patout, imprimées en deux couleurs,   12 00

Conseils à une jeune fille, sur les devoirs à remplir dans le monde comme maîtresse de maison. 1 vol. in-12.   1 50

Éducation des jeunes filles, et de l'influence possible des femmes. 1 vol. in-12.   1 50

Le secret du bonheur, ou récits et nouvelles propres à combattre les défauts habituels à la jeunesse. 1 beau vol. in-12.   2 00

L'Ami des Jeunes filles. Journal des loisirs utiles. 7 vol. in-8.   20 »

CORBEIL, imprimerie et stéréotypie de CRÉTÉ.

DU

STYLE ÉPISTOLAIRE

EXERCICES ET CORRIGÉS

PAR

MADAME LA COMTESSE DROHOJOWSKA,

NÉE SYMON DE LATREICHE.

TOME DEUXIÈME.

PARTIE DU MAITRE.

LIBRAIRIE CLASSIQUE DE PERISSE FRÈRES,

PARIS	◈	LYON
NOUVELLE MAISON		ANCIENNE MAISON
RUE SAINT-SULPICE, 38		RUE MERCIÈRE, 49
ANGLE DE LA PLACE		ET RUE CENTRALE, 60

1857

DU STYLE ÉPISTOLAIRE

EXERCICES ET CORRIGÉS

Nota. — Nous ne donnerons point la réponse aux questions contenues dans la troisième partie du premier volume, ce qui serait une redite inutile ces réponses se trouvant dans le texte des première et deuxième parties du même volume; seulement pour faciliter l'interrogation aux professeurs, nous répéterons ici les questions, en indiquant les pages du premier volume où l'on peut, au besoin, chercher les réponses.

QUESTIONS SUR LES PRÉCEPTES DU STYLE ÉPISTOLAIRE.

QUALITÉS DU STYLE ÉPISTOLAIRE.

DES RÉPONSES.

BILLETS ET LETTRES D'INVITATION.

LETTRES COMMANDÉES PAR LA TENDRESSE ET LE RESPECT.

MODÈLES DE LETTRES DONNÉS PAR MADAME DE MAINTENON

AUX DEMOISELLES DE SAINT-CYR (1).

1°. — *Une élève de Saint-Cyr à madame de Maintenon.*

Madame, je ne puis jamais oublier vos bontés pour les demoiselles de Saint-Cyr, et encore moins celles dont

(1) Nous croyons devoir rapporter la circonstance où ces modèles furent donnés par madame de Maintenon, d'autant que ce simple récit, tel qu'il nous a été transmis par deux demoiselles de Saint-Cyr, contient la meilleure des leçons pratiques sur le style épistolaire :

« Puisque vous nous avez ordonné de vous transmettre ce que nous dîmes hier à la récréation, écrivaient ces deux demoiselles à madame de Berval, leur seconde maîtresse, nous le ferons le plus exactement et le plus simplement qu'il nous sera possible. — Madame de Maintenon eut la bonté de venir elle-même pour corriger nos lettres.... Elle nous montra particulièrement comment le style simple, naturel et sans fard, est le meilleur, et celui dont toutes les personnes d'esprit se servent.... Elle nous donna pour exemple M. le duc du Maine, qu'elle faisait écrire lorsqu'elle en était chargée, qu'il n'avait encore que cinq ans ; elle nous raconta que lui ayant dit un jour d'écrire au roi, il lui avait répondu fort embarrassé qu'il ne savait point faire de lettres. — Madame de Maintenon lui demanda : « Mais n'avez-vous rien dans le cœur pour lui dire ? — Je suis bien fâché, répondit-il, qu'il soit parti. — Eh bien ! écrivez-le, cela est fort bon. » — Puis elle ajouta : « Est-ce là tout ce que vous pensez, n'avez-vous rien de plus à lui dire ? — Je serais bien aise qu'il revînt, répondit le duc du Maine. — Voilà votre lettre faite, lui dit madame de Maintenon, il n'y a qu'à le mettre simplement comme vous le pensez, et si vous pensiez mal, on vous redresserait. » C'est de cette manière, ajouta-t-elle, que je lui ai montré et vous avez vu les jolies lettres qu'il a faites. »

« Madame de Loubert, notre première maîtresse, lui demanda de vouloir bien nous en faire un modèle ; elle y consentit : — Pour qui, mes enfants, nous demanda-t-elle, voulez-vous que je vous le fasse ? Nous lui répondîmes de manière à lui faire entendre que c'était pour elle, comme à une bienfaitrice. — Eh bien ! puisque vous le voulez, dit-elle, je vais vous en faire une de cérémonie et de respect aux personnes âgées. Et à celle-là elle voulut bien en ajouter plusieurs autres que voici également.

vous m'avez honorée en mon particulier; il n'y a rien, Madame, que je ne voulusse faire pour vous en marquer ma reconnaissance. Je sais que vous n'en voulez d'autre preuve que le profit de tout ce que vous nous avez dit tant de fois; je m'en vais donc faire tous mes efforts pour répondre à une si bonne éducation, et pour vous donner la consolation de voir que vos peines ne sont pas inutiles. La mienne est grande, Madame, quand je pense que je n'ai pas l'honneur de vous voir, et que ce n'est que par mes lettres que je puis vous assurer du respect, et si je l'ose dire, de la tendresse avec laquelle je suis, Madame, votre etc.

2°. — *Une élève de Saint-Cyr à son père.*

Mon cher père, vous trouvez que mes lettres sont peut-être trop succinctes, et que je n'entre point assez dans le détail de tout ce qui se fait, et de la bonne vie que je mène. Nous nous levons à six heures, ce qui me paraît bien matin en hiver, et je voudrais bien changer cet article de notre règle; on prie Dieu, on s'habille, on déjeune, on va à la messe, et on revient à la classe se mettre à l'ouvrage, pendant lequel on apprend toutes sortes de choses utiles et agréables; on entend des instructions de piété; on apprend les histoires de l'Écriture sainte, des vers, de la prose, à chanter, à parler, à se taire, à faire des réflexions, et je vous assure, mon cher père, qu'il ne tiendra pas aux dames de Saint-Louis qu'elles ne vous renvoient votre fille bien chrétienne, bien raisonnable et bien intelligente ; je le souhaite, mon cher père, pour vous plaire et pour vous soulager.

3°. — *Réponse de M. de Ravenel.*

(La réponse que M. de Ravenel fit à cette lettre étant fort agréable et fournissant, en même temps, le sujet d'un excellent travail de style, nous avons cru devoir lui donner place parmi les modèles faits par madame de Maintenon).

J'ai reçu votre lettre, ma chère fille, et avec beaucoup de satisfaction, en apprenant vos occupations par le détail que vous m'en faites. Je m'intéresse, je vous assure, beaucoup à ce que vous vous levez un peu matin, mais apparemment vous vous couchez de bonne heure, aussi vous ne me parlez que de ce que vous faites le matin ; j'espère que vous réservez à une autre fois à m'expliquer votre après-dîner. Je souhaite que vous vous leviez en bonne santé, que votre prière soit fervente et favorablement reçue du Seigneur, que vous déjeuniez avec appétit, que vous alliez utilement à la sainte Messe, que votre retour en classe vous soit profitable, que l'Écriture sainte soit bien gravée en votre cœur, que vous déclamiez des vers avec grâce, que vous prononciez bien la prose, que l'on trouve de l'agrément à vous entendre chanter, que vous parliez juste, que vous sachiez bien vous taire à propos, que les réflexions que vous faites vous attirent la bénédiction de Dieu, et que vous tiriez un heureux fruit des instructions de piété qui vous sont données ; je souhaite enfin que les dames de Saint-Louis fassent de vous une parfaite chrétienne.

4º. — *Une élève de Saint-Cyr à sa mère.*

Madame ma bien chère mère, — Je ne puis exprimer le plaisir que j'ai de recevoir de vos nouvelles : si je n'ai pas eu l'honneur de vous écrire depuis quelque temps, ce n'est pas, ma chère mère, que je manque à la tendresse et à la reconnaissance que je vous dois, et je vous assure que je n'ai pas de plus grande joie que lorsque je reçois une de vos lettres. Je voudrais bien savoir si mon cher père a reçu celle que je lui ai écrite. Permettez-moi de l'assurer ici de mes profonds respects, et faites-moi la grâce de me croire etc..., etc.

5º. — *Une élève de Saint-Cyr à son oncle.*

Pardonnez-moi, monsieur mon cher oncle, si j'ai été si longtemps sans vous écrire. L'espérance où j'étais que vous me feriez l'honneur de me venir voir en est la cause ; mais voyant le *quartier* (1) fini, et que je n'ai pas eu le bonheur de recevoir de vos nouvelles, je crains que vous ne soyiez tombé malade. Vous pouvez croire le chagrin que j'en aurais, ayant pour vous tout le respect et la reconnaissance que je dois pour tous les biens que vous continuez à me faire, et que je n'aurais jamais dû espé-

(1) C'est-à-dire du temps où les parents des demoiselles pouvaient aller les voir ; ce temps durait huit jours après chacune des quatre grandes fêtes annuelles.

rer. J'ai aussi un grand désir d'apprendre des nouvelles de ma mère, y ayant fort longtemps qu'elle ne m'a fait l'honneur de m'écrire. J'ai appris avec une grande joie que mon frère s'est enfin consacré à Dieu par la profession religieuse ; je vous supplie, quand vous le verrez ou que vous lui écrirez, de l'assurer que je prierai Dieu pour lui. Je suis, etc...

DIVERS GENRES DE LETTRES

LETTRES DE BONNE ANNÉE.

N° 6. — *Lettre de bonne année.*

Mes bien chers parents, à défaut du bonheur d'être pressée aujourd'hui sur votre cœur, permettez que j'aie recours à la seule compensation qui me soit possible, en vous exprimant tous les sentiments qui remplissent mon âme, et en vous priant d'agréer le faible souvenir que je vous adresse. En brodant cet écran, j'étais bien heureuse ; je songeais qu'il viendrait bientôt vous dire que votre fille chérie pense constamment à vous. Oh ! s'il pouvait parler, que de choses il vous répéterait, que de douces confidences il a reçues !.. Ce n'est qu'à ce titre et parce que votre tendresse donne un prix inestimable à tout ce qui vous prouve ma respectueuse affection, qu'il peut vous être précieux, car l'exécution dénote une ouvrière bien peu habile encore. Cependant, que ne devrais-je pas faire pour mériter votre indulgence ; croyez bien, mes bons parents, que je comprends toute l'application, tout le zèle que m'imposent vos bontés. Si, jusqu'à ce jour, j'ai paru parfois l'oublier, assurément la légèreté de mon âge en était la seule cause ; mais à dater de ce moment, soyez convaincus que ma conduite ne vous laissera rien à désirer. Daignez, avec cette promesse, agréer les vœux sincères que je forme pour votre bonheur et me croire, mes bien chers parents, votre fille affectionnée et surtout bien reconnaissante et bien soumise,   A...,

N° 7. — Autre.

Ma chère marraine, le jour de l'an est d'ordinaire consacré aux pensées d'avenir, de bonheur. Et à ce sujet, que n'aurais-je pas à vous dire ; mais oserai-je exprimer des vœux pour votre félicité, à vous dont le cœur vient d'être si douloureusement frappé..... Ce simple souvenir même n'est-il pas une indiscrétion, et au lieu de la joie que je voudrais pouvoir vous procurer, cette lettre ne va-t-elle pas faire couler vos larmes ?... Ah ! ma bonne marraine, je sens toute votre douleur, je la partage, et si j'ai, en ce jour, réveillé de bien pénibles sentiments, c'est que je ne puis résister au désir de venir pleurer avec vous et vous redire que Dieu vous a laissé en moi une fille d'adoption, qui ne saurait, il est vrai, remplacer celle qui vous était si chère et qui le méritait si bien, mais qui s'efforcera du moins de vous consoler, en priant avec vous. Ce sont ces larmes et ces prières que je viens, ma chère marraine, vous offrir en ce jour, autrefois consacré à la joie et qui est si douloureux maintenant; ce sont là les gages de ma tendresse; daignez les recevoir comme vous receviez dans des temps plus heureux, mes vœux de bonheur et surtout soyez bien convaincue que votre petite filleule mettra toujours tous ses soins à vous aimer, à vous plaire et à être pour vous, chère marraine, la fille la plus tendre et la plus soumise.   A...

N° 8. — *Une petite fille à sa mère.*

Chère maman, je suis si joyeuse que je n'en ai pas dormi de la nuit, et puis il me semblait que ce matin n'arriverait jamais pour vous exprimer ma surprise et mon bonheur, hier au soir, en recevant la grande caisse pleine de bonbons et de joujoux que vous m'avez envoyée. Oh! si vous aviez vu, chère maman, l'admiration de mes compagnes, leur étonnement;... moi, je n'étais pas étonnée, je connais trop bien votre générosité; mais j'étais pénétrée de reconnaissance. Quelle différence, me disais-je, entre ma bonne mère et tant d'autres plus riches qu'elle cependant, et j'ajoutais bien vite la promesse au bon Dieu de mériter ces soins et cette bonté par ma sagesse, mon activité et mon obéissance. Je me suis bien promis aussi de travailler avec courage toute l'année, afin d'être assez adroite, l'an prochain, pour vous offrir de belles étrennes. Hélas! pourquoi ai-je été paresseuse jusqu'à ce jour; je n'en serais pas réduite à n'avoir à ne vous adresser que ma bonne volonté, mes promesses et les mille baisers que mon bon ange devrait bien se charger de vous apporter de ma part.

Adieu, chère maman, veuillez agréer les vœux sincères que je forme pour votre bonheur, et me croire votre petite fille bien respectueusement affectionnée.   A...

N° 9. — *Une jeune fille à un oncle.*

Mon bien cher oncle, le plus grand malheur qui puisse, dit-on, frapper une jeune fille, est de rester seule sur la terre, privée des caresses et des soins d'une mère, de la tendresse prudente d'un père; et cependant, bien que j'aie éprouvé cette double perte avant de quitter mon berceau, j'en ignore l'amertume, la tristesse; c'est qu'en vous, mon oncle bien-aimé, j'ai trouvé tant de bonté, tant d'affection, que mon cœur n'en saurait désirer plus et ne pourrait non plus éprouver des sentiments plus vifs et plus profonds que ceux qu'il vous a voués, et que je renonce à vous exprimer, préférant vous prier de lire dans mon âme. Vous y verrez que ma sincère affection n'est surpassée que par ma reconnaissance. L'amour paternel est un sentiment naturel dont la Providence a fait un bonheur en même temps qu'un devoir; il n'est pas possible, dit-on, de s'en défendre, et tous les jours l'expérience prouve que l'ingratitude même ne peut le détruire, tandis qu'une tendresse comme la vôtre est toute volontaire; les sacrifices qu'elle impose en deviennent doublement méritoires, et celle qui en éprouve les heureux effets ne saurait trop comprendre que de tout ce que vous lui prodiguez, rien ne lui est dû; quelle gratitude donc n'en doit-elle pas concevoir!

Le jour de l'an, que votre générosité, mon cher oncle, a fait si brillant pour moi, m'est surtout cher et précieux parce qu'il me fournit l'occasion de vous répéter, sans vous importuner, les sentiments qui remplissent à toute heure mon âme, sentiments que l'usage me permet de vous exprimer aujourd'hui tout haut, tandis que le reste de l'année je dois me borner à n'en parler qu'à Dieu. Laissez-moi ajouter, mon bien cher oncle, qu'en échange des sentiments paternels que vous avez pour moi, je vous ai voué une tendresse toute filiale; daignez en agréer l'hommage et me croire

Votre nièce très-respectueuse et bien soumise.

A...

N° 10. — *Une jeune fille à la supérieure du couvent où elle a été élevée.*

Madame la supérieure, les années précédentes, à pareil jour, je regrettais l'absence de mes chers parents, et il me paraissait que le seul, le vrai bonheur serait pour moi d'être près d'eux, de jouir de leurs caresses; je devrais donc être bien contente maintenant que je puis, chaque matin, embrasser ma bonne mère, aujourd'hui surtout que j'ai vu commencer près d'elle la bonne année et reçu son premier baiser...

Hélas! tel est ce monde, qu'une joie doit toujours être payée par un sacrifice. Ce matin j'ai guetté le lever de mes bons parents, j'ai reçu leurs étrennes je leur ai offert les miennes; j'étais heureuse, bien heureuse, lorsqu'une cruelle pensée est venue tout à coup affaiblir ma joie. J'ai songé à vous, Madame, à vous ma seconde mère, dont l'affection si tendre et si éclairée est toujours présente à mon esprit; j'ai songé à mes dignes maîtresses, si indulgentes, si bonnes et à qui je dois cette instruction et ces qualités que mes parents chérissent en moi. J'ai songé, enfin, à ces compagnes si joyeuses et si chères que je ne reverrai plus, et mon cœur s'est serré; et j'ai compris, Madame, toute la vérité de cet avertissement si plein de sagesse que vous nous répétiez souvent : Le bonheur n'est jamais parfait dans ce monde. Au couvent, en effet, je regrettais la maison paternelle, et à la maison je regrette le couvent.

Mais je m'aperçois que je néglige le motif principal de ma lettre : occupée à vous exprimer mes regrets, j'oublie de vous dire, Madame et bien digne mère, tous les vœux qu'en ce jour j'adresse au Seigneur pour vous et pour vos dignes coopératrices. Daignez être persuadée de leur sincérité et veuillez lire dans le cœur que vous avez formé tous les sentiments qui le remplissent. Vous saurez ainsi ce que je renonce à vous exprimer, c'est que, de toutes vos élèves, je suis,

   Madame la supérieure,

    Une des plus reconnaissantes et des plus respectueusement affectionnées.

      A...

LETTRES DE FÉLICITATIONS.

N° 11. — *A une tante qui vient d'entrer en convalescence à la suite d'une maladie qu'elle avait crue mortelle.*

Ma chère tante, avant de vous féliciter sur votre heureuse convalescence, permettez que j'adresse à Dieu
l'hommage de la gratitude profonde que nous inspire à
tous le miracle qui vous a rendue à notre tendresse,
après tant de craintes et d'angoisses. La science vous
avait condamnée, Dieu vous a sauvée. Ne voilà-t-il pas
un motif bien grand de le bénir et de le remercier toute
notre vie. Je ne puis éloigner encore de ma pensée le
souvenir de ces deux mois, si pleins de larmes et d'inquiétudes, qui viennent de s'écouler ; et malgré ma résolution de ne plus songer désormais qu'à la joie de vous
voir hors de danger, je ne puis encore bannir un vague
sentiment de tristesse qui parfois s'empare de mon esprit ; quoi qu'on en dise, chère tante, je crois qu'après
une grande épreuve, on ne s'habitue pas aisément au bonheur. Mais, folle que je suis, à quoi vais-je penser là, au
lieu de me réjouir avec vous, sans arrière-pensée, et de
vous répéter que maintenant que vous avez trompé les pré-
visions des médecins, qui prétendaient que vous ne deviez
pas guérir, vous ne pouvez demeurer longtemps en con-

valescence, et que votre guérison ne peut tarder plus de quelques jours à se parachever. C'est dans cette bonne espérance, ma chère tante, que je vous embrasse de tout mon cœur, et que je vous prie de me croire

Votre nièce bien soumise et affectionnée.

A...

N° 12. — A un officier qui vient d'être décoré sur le champ de bataille.

Veuillez permettre, Monsieur, à une amie dévouée de votre famille de venir partager vos succès, comme elle a partagé les inquiétudes de votre digne mère pendant cette campagne si meurtrière pour tant de vos camarades et si avantageuse pour vous. Si on pouvait douter, Monsieur, que le courage soit une vertu héréditaire, le brillant fait d'armes, qui vient d'ajouter un nouveau fleuron aux titres de gloire de votre illustre famille, en serait une preuve convaincante. Je savais depuis longtemps que la présence d'esprit, l'énergie, les talents militaires, n'attendent pas toujours l'âge pour se développer ; mais qu'il est certaines organisations d'élite où ils semblent naturels et instinctifs. Cependant je vous avouerai que je m'étonnerais de les trouver ainsi réunis chez un homme aussi jeune, si je ne connaissais madame votre mère et si je ne savais combien ses sages conseils, ses soins et sa tendresse ont contribué à développer les grandes qualités dont la Providence vous a doué. Heureux effets de l'influence maternelle, lorsqu'elle sait s'exercer avec prudence et sagesse, et qu'elle s'attache surtout à fortifier et à conserver les principes religieux dans l'âme de son fils. Permettez à mon âge, Monsieur, d'ajouter à cet éloge de madame votre mère, qui a trouvé, j'en suis sûre, un écho dans votre cœur, l'espoir que non-seulement vous appréciez toute la part qui lui revient dans vos succès, mais surtout que vous en rapportez la gloire à celui-là seul qui y a droit, à celui de qui nous vient tout triomphe et tout bonheur, et dont la bonté, en vous faisant si brillamment débuter, vous présage une magnifique carrière. Sachez vous rendre digne de cette divine protection, en n'oubliant jamais que l'humilité est la base de toute gloire durable, et qu'il n'y a de vertus réelles que celles qu'inspire et bénit la religion.

Adieu, Monsieur; pardonnez cette morale aux sentiments de bonne affection qui ont guidé ma plume, et agréez, avec mes félicitations les plus sincères, la nouvelle assurance du dévouement de votre vieille amie.   A...

N° 13. — *A une mère dont le fils a été bien malade.*

Vous savez, ma chère amie, que je n'ai jamais eu une confiance bien grande dans l'infaillibilité de messieurs les docteurs. La santé des hommes est entre les mains de Dieu, et nul ne sait le secret de ses décisions. Cette fois cependant, votre cher ange était si mal que, malgré moi, je donnais raison à la docte conférence qui le condamnait, et déjà je déplorais votre bonheur perdu, lorsqu'un miracle est venu donner un heureux démenti à nos craintes. J'ai, curieuse que je suis, cherché à sonder le mystère de cette faveur divine, et savez-vous ce que mon bon ange m'a soufflé? — Que votre cœur de mère, qui possède de si grands trésors de tendresse, vous avait inspiré des accents assez puissants pour faire en quelque sorte violence au ciel : cette réponse est-elle réelle, ou est-elle une illusion de mon esprit? Dans tous les cas, je crois que ce n'est pas trop préjuger que de penser que vos ferventes prières ont été entendues de celle dont le cœur de mère a si cruellement connu la douleur, et que, présentées par Marie aux pieds de l'Éternel, elles ont été exaucées. Réjouissez-vous, heureuse mère, et bénissez le Seigneur ; bénissez celui qui a pris vos larmes en pitié et a bien voulu les sécher. Mais ne vous réjouissez pas seule, laissez vos amis louer Dieu avec vous, et partager votre félicité comme ils ont partagé vos alarmes. C'est dans ces sentiments que je me dis, chère Madame, votre bien affectionnée.   A...

RÉPONSES AUX LETTRES DE FÉLICITATIONS.

N° 14. — *Une jeune fille à une amie qui l'a félicitée sur les prix qu'elle a obtenus.*

Ta lettre, ma chère amie, et les gracieuses félicitations qu'elle contient, sont assurément le meilleur complément que puissent recevoir la joie et le triomphe des prix. Ah ! le beau jour que celui-là, et que le bonheur qu'il a procuré à mes bons parents a bien récompensé mon

travail et mes efforts pendant l'année ! En vérité, je crois
que l'indulgence de mes bonnes maîtresses a dépassé de
beaucoup mon faible mérite, et j'aurais presque sur la
conscience plusieurs de mes prix, qui ont tenu à je ne sais
quel bonheur, à la composition générale, bien plus qu'à
mon savoir réel, si je ne pouvais, du moins, me rendre
cette justice, que, depuis le commencement de l'année,
j'ai travaillé avec autant de zèle que possible. Dieu,
qui est si bon, m'a tenu compte de ma bonne volonté,
et a donné ordre à mon bon ange de répondre pour
moi.

J'étais si loin de m'attendre à *mes succès*, que chaque
fois que j'entendais mon nom, il me semblait que je rê-
vais ; mon cœur battait à se rompre, et je sentais que je
chancelais en montant l'estrade. Et ma bonne mère, et
mon père, ils étaient baignés de larmes, et en me couron-
nant, ils me serraient si fort sur leur cœur que j'en pouvais compter les battements. Juge si j'étais heureuse de
donner un si grand bonheur à ceux que j'aime tant. Mais
ce n'est pas tout, ma bonne grand'mère, que son rhu-
matisme avait retenue à la maison, s'était fait porter sur la
terrasse pour nous embrasser plus tôt. Figure-toi son
étonnement en voyant arriver *son étourdie*, ployant sous
le faix de *ses lauriers*. Nous avons cru que la joie allait
lui donner une attaque ; heureusement nos craintes se
sont vite dissipées, et je te laisse à penser quelle bonne
soirée nous avons passée ; il ne nous manquait que toi.

Au comble du bonheur, je n'oublie pas que le travail

en a été la route, et pour preuve, c'est qu'à peine en vacances, je prends déjà de bonnes résolutions pour l'année prochaine ; je me promets davantage d'application
et de zèle, car l'âge oblige, et plus nous avançons dans
nos études, plus elles doivent être consciencieuses et rai-
sonnées ; je me promets surtout beaucoup de sagesse,
afin de pouvoir ajouter à *mes lauriers* cette couronne de
roses blanches, qui rendrait ma bonne mère si fière de
son Angèle. Pour commencer à exécuter ces belles
résolutions, je me suis fait, pour mes vacances, un règlement de vie, dont je t'envoie la copie, ma chère
Louise, et que vous approuverez, j'en suis sûre, *Mademoiselle Sensée*. Tu verras que bien que faisant large
place à mes plaisirs, je n'oublie aucun devoir, aucun,
pas même ces ennuyeux ourlets, dont tu prenais si cha-
leureusement la défense autrefois, et qui, bien loin de
me faire pleurer comme alors, sont devenus, *par pure
raison, par exemple*, mon travail le plus fréquent, parce
que j'ai compris qu'une femme serait une triste ménag-
ère, si elle ne s'habituait à coudre et à tenir son linge
en bon état. Mais comme je babille, et que vas-tu penser
bon Dieu ! de ma prétention à être raisonnable, toi, donc
mon frère disait, il y a quelques instants après que j'ai
eu lu ta lettre tout haut, en famille : — « A la bonne heure,
voilà un style clair et concis, on voit aisément que la
jeune personne qui a écrit cette lettre a une raison au-
dessus de son âge, qu'elle réfléchit avant d'écrire, et ne
ressemble pas à ces cerveaux évaporés qui commencent

une phrase sans bien comprendre elles-mêmes leurs pensées et sans s'inquiéter comment elles la finiront. » — Je me suis promis que ce reproche à mon adresse ne serait plus mérité, et avec ma persévérance habituelle dans mes résolutions, celle-ci, comme tu vois, n'a guère eu de durée. Après tout je m'en console aisément, cela donnera matière à un de ces jolis sermons comme vous les faites si bien, ma charmante moraliste, et j'aurai ainsi le plaisir de vous lire plus tôt et plus longtemps. C'est dans cet espoir que je t'embrasse comme je t'aime, et que je suis toute à toi.

A...

N° 15. — *La jeune mère dont l'enfant a été bien malade à l'amie qui l'a félicitée sur sa guérison.*

Quoi qu'il en soit, bien chère Madame, de l'infaillibilité ordinaire de messieurs de la Faculté, toujours est-il, et Dieu en soit loué, qu'ils se sont trompés cette fois. Mon cher Edmond m'est conservé ; quel sujet de bénédiction et de bonheur, et combien vous êtes bonne de le sentir aussi vivement et de me l'exprimer avec tant de grâce et d'affection. Est-ce ma prière qui a opéré ce miracle ? je ne peux le croire, et crains bien que la voix de votre bon ange ne soit une illusion de votre amitié ; mais ce que je sais, par exemple, c'est que jamais je n'ai élevé vers Dieu une voix plus suppliante, plus fervente, et surtout que mon cœur déborde pour lui de reconnaissance et d'amour. Telle est sa bonté, que nos épreuves mêmes, lorsque leur angoisse est passée, deviennent pour nous un motif de joie et de consolation, en nous mettant à même d'apprécier le cœur et le dévouement de nos amis. N'est-ce pas en effet aux alarmes des jours qui viennent de s'écouler, que je dois les preuves de tendresse que vous m'avez données ? Croyez-bien que je n'en perdrai jamais le souvenir, et que notre amitié, cimentée par des larmes versées en commun, sera désormais un des sentiments les plus profonds et les plus sincères, de celle qui se dit avec le plus entier dévouement, votre tout affectionnée...   A...

N° 16. — *Une vieille tante convalescente à sa jeune nièce.*

Je m'empresse, ma chère nièce, de vous témoigner combien j'ai été sensible à votre gracieuse lettre, et combien j'apprécie les bons soins que vous m'avez prodigués. Eh ! quoi, ma charmante garde-malade, vous avez veillé le jour et la nuit près du lit d'une vieille tante moribonde, tâche fort peu attrayante, je l'avoue, et voici qu'à peine cette tante reprend-elle assez de force pour vous reconnaître, pour vous remercier, que semblable à ces blanches fées des contes de chevaliers, vous disparaissez soudain, ne laissant de vos soins et de votre présence qu'un vague souvenir. — Mais, disais-je en repoussant la main osseuse de ma vieille Marianne, qui voulait frictionner mes bras, mais hier votre peau était plus fine et vos mouvements plus doux ? — Ah ! dame, c'est qu'hier c'étaient les petites mains de quinze ans de mademoiselle Blanche qui frictionnaient madame, et non pas mes pauvres doigts de soixante-dix ans. — Maladroite, vous renversez ma tisane, vous n'avez jamais tremblé ainsi ! — Mon Dieu ! pourquoi mademoiselle Blanche, n'est-elle plus là ? En un mot, tout ce qui est mal, c'est parce que Blanche n'y est plus ; tout ce qui était bien, c'est parce qu'elle était là. Et l'on a beau me répéter que vous ne m'avez quittée, dès que j'ai pu me passer de vos soins, que parce que vos études vous réclamaient impérieusement, je n'en crois que ce que je vois, et suis convaincue, ma belle espiègle, que vous avez eu peur de mon bavardage de vieille femme, que vous vous êtes enfuie dès que j'ai commencé à reprendre la parole, que la crainte de mon radotage..... Mais je vous juge mal, et en conscience je n'en ai pas le droit ; voyons, cherchons un motif plus généreux... M'y voici : Pénétrée des sentiments d'humilité dont vos dignes maîtresses vous donnent de si touchants exemples, vous avez voulu vous dérober à mes éloges, à mes remerciements et à l'admiration générale ; mais votre fuite, dont je vous garde rancune, ne vous sauvera pas, et il faut vous résigner à entendre répéter que vous êtes une excellente et parfaite garde-malade. Et pour que vous vous y habituiez dès à présent, je veux que vous ne me perdiez jamais de vue ; à cet effet, et malgré la triste figure que fera mon visage ridé de soixante-dix ans à côté de vos fraîches couleurs de seize ans, je vous envoie mon vilain portrait, monté en charmante broche, et je vous enjoins, mademoiselle ma nièce, de la porter, sinon *nuit et jour*, du

moins tous les jours, et cela en souvenir d'une tante qui
ne pourra jamais vous chérir plus qu'elle ne le fait, et
qui vous embrasse comme elle vous aime.   A...

LETTRES DE CONDOLÉANCE.

SUJETS DE LETTRES DE CONDOLÉANCE.

Nº 17. — *Fénelon à la duchesse de Beauvilliers (sur la
mort de son mari.)*

Je profite de cette occasion pour vous dire, Madame,
combien je suis occupé de vous et de toutes vos peines.
Dieu veuille mettre au fond de votre cœur blessé sa
consolation ! La plaie est horrible; mais la main du con-
solateur a une vertu toute-puissante. Non, il n'y a que
les sens et l'imagination qui aient perdu leur objet. Celui que nous ne pouvons plus voir est plus que jamais
avec nous. Nous le trouvons sans cesse dans notre centre
commun. Il nous y voit, il nous y procure les vrais secours. Il y connaît mieux que nous nos infirmités, lui
qui n'a plus les siennes, et il demande les remèdes nécessaires pour notre guérison. Pour moi, qui étais privé
de le voir depuis tant d'années, je lui parle, je lui ouvre

mon cœur, je crois le trouver devant Dieu ; et quoique
je l'aie pleuré amèrement, je ne puis croire que je l'aie
perdu. Oh ! qu'il y a de réalité dans cette société intime !

No 18. — *Fénelon à la même.*

Je vous supplie de me donner de vos nouvelles, Madame, par N... que j'envoie en chercher. Je suis en peine
de votre santé : elle a été mise à de longues et rudes
épreuves. D'ailleurs, quand le cœur est malade, tout le
corps en souffre. Je crains pour vous les discussions
d'affaires, et tous les objets qui réveillent votre douleur.
Il faut entrer dans les desseins de Dieu, et s'aider soi-
même pour se donner du soulagement. Nous retrouve-
rons bientôt ce que nous n'avons point perdu. Nous nous
en approchons tous les jours, à grands pas. Encore un
peu, et il n'y aura plus de quoi pleurer. C'est nous qui
mourons : ce que nous aimons vit, et ne mourra plus.
Voilà ce que nous croyons mal. Si nous le croyions bien,
nous serions pour les personnes les plus chères, comme
Jésus-Christ voulait que ses disciples fussent pour lui
quand il montait au ciel : *Si vous m'aimiez*, disait-il, *vous
vous réjouiriez* de ma gloire. Mais on se pleure en pleurant les personnes qu'on regrette. On peut être en peine
pour les personnes qui ont mené une vie mondaine ;
mais pour un véritable ami de Dieu, qui a été fidèle,
on ne peut voir que son bonheur et les grâces qu'il
attire sur ce qui lui reste de cher ici-bas. Laissez donc
apaiser votre douleur par la main de Dieu même qui

vous a frappée. Je suis sûr que notre cher N... veut votre soulagement, qu'il le demande à Dieu, et que vous entrerez dans son esprit en modérant votre tristesse.

N° 19. — *A une amie qui a perdu sa petite sœur.*

C'est avec un vif sentiment de peine, ma chère amie, que j'ai reçu votre lettre; je sais combien vous aimiez votre charmante petite sœur, et je comprends combien doit être amère la douleur de cette cruelle séparation; mais, songez-y, ma bonne Louise, la mort n'est, dans tous les cas, qu'une séparation de courte durée, et, si elle laisse d'ordinaire une pénible incertitude sur le sort de l'âme de ceux que nous pleurons, ici la crainte est impossible, car si Dieu a repris si vite un de ses anges, c'est pour le mettre de suite en possession de la gloire éternelle. Quelle différence entre la vie semée d'amertumes et de pleurs qui attend ici-bas les plus heureux et cette vie du ciel, cette vie de Dieu qui est maintenant son partage. Si notre foi était ce qu'elle doit être, nous nous réjouirions de cette heureuse mort, et cependant je ne blâme pas vos larmes, bien loin de là, je les partage bien sincèrement, et voudrais pouvoir les sécher.

Ce que vous me dites de la douleur de votre bonne mère me navre le cœur, et je conçois que votre chagrin en soit augmenté; ne souffre-t-on pas plus encore des douleurs de ceux que l'on aime que des siennes propres? mais, ma chère Louise, vous devez être forte contre vous-même, vous devez par devoir filial, refouler vos

impressions au fond de votre cœur, et si vous ne par-
venez à sécher vos larmes, en dissimuler au moins les
traces devant votre mère, afin de tarir la source des siennes. Je sais que c'est un effort pénible ; mais demandez
à Dieu de vous aider, demandez-le-lui surtout par l'intermédiaire du petit ange que vous aimiez tant; car si
nous sommes convaincus que les liens du sang ne sont
pas effacés dans le sein de Dieu, vous pouvez sûrement
compter auprès de lui sur un protecteur de plus. L'é-
preuve est, dit-on, la pierre de touche de l'amitié ; ce
que je sens dans mon cœur est bien de nature à confir-
mer cette vérité, car jamais je ne vous ai plus sincèrement et plus tendrement aimée ; jamais je n'ai pu me dire
avec plus d'affection, votre toute dévouée et bien affectionnée.   A...

No 28. — *A un monsieur qui vient de perdre un procès important.*

La justice des hommes est aveugle et incertaine, mais
Dieu qui voit tout et apprécie tout, vous tiendra compte
assurément, monsieur, de l'injustice dont vous venez
d'être victime. Courage donc ! et surtout confiance dans
l'avenir, car, s'il vous est permis de déplorer la ruine
d'espérances sur lesquelles se fondait l'avenir de vos
enfants, la foi cependant veut que vous mettiez de justes
bornes à des regrets que nul ne peut blâmer, et, qu'à
défaut de la justice humaine, vous comptiez sur la miséricorde de celui qui prend soin de chacune de ses créa-

tures, et qui ne peut oublier un serviteur aussi fidèle que vous, Monsieur. La résignation d'ailleurs ne demeure jamais sans récompense et en outre du calme et de la paix qu'elle procure, elle porte toujours des fruits abondants pour l'avenir ; aussi, je n'en doute pas, le coup qui vous a frappé ne sera qu'une épreuve passagère, et vous obtiendrez tôt ou tard une légitime réparation de l'injustice dont vous êtes victime ; c'est dans cette confiance que je vous prie de recevoir mes sincères compliments de condoléance, et de me croire, Monsieur,

Votre très-humble et très-obéissante servante. A...

N° 21. — *A une compagne qui n'a pas eu de prix et qui est désolée.*

Je viens, ma bonne amie, partager ton juste chagrin et en même temps te gronder bien doucement du sentiment d'injustice qui paraît s'être glissé dans ton cœur. Comment peux-tu, ma chère Marie, accuser tes bonnes maîtresses d'injustice et de partialité ; reconnais plutôt le cruel ennemi qui voudrait exploiter ton dépit à son profit, et t'amener à te disculper en accusant tes dignes institutrices, celles qui sont, après ta mère, tes meilleures amies en ce monde. Reconnais, dis-je, le vilain démon d'amour-propre et avoue-toi franchement tes torts à toi-même. Aussi bien, chère enfant, c'est le seul moyen de te mettre à même de les réparer et d'éviter l'an prochain le triste échec de cette année... Mais ce n'est pas une lettre de reproches, que je t'écris aujourd'hui, bien loin de là, mon seul but est de te consoler; je ne te rappellerai donc pas ton indolence pour l'étude, ton inapplication, ta légèreté; seulement je te dirai : tu as de l'intelligence, de la facilité, de la mémoire, sache profiter de ces dons précieux. N'attends pas à la veille d'une composition pour repasser des leçons oubliées, mais étudie sérieusement, rattache par tes réflexions et tes souvenirs, une leçon à une autre, afin de ne pas perdre l'enchaînement des faits; n'apprends plus, en un mot, une leçon comme un véritable perroquet, en ne t'embarrassant que de n'être pas punie et sans songer à en pénétrer et comprendre le sens. Examine-toi sur ton travail, de la même manière que tu examines ta conscience chaque soir; au lieu de dire : qu'ai-je fait? demande-toi, qu'ai-je appris aujourd'hui? et crois bien d'ailleurs, qu'en agissant ainsi, tu rempliras un devoir religieux. Dieu veut que nous soyons fidèles aux obligations de notre état; or, pendant notre jeunesse, notre état est de mettre à profit le temps que la Providence nous accorde, les sacrifices que font pour nous nos bons parents et les soins de nos chères institutrices. Tu le vois, bonne amie, une peine, une humiliation a son bon côté; non-seulement elle nous fait réfléchir et nous porte à prendre de sérieuses résolutions, mais encore la religion nous apprend à en tirer profit; notre caractère se forme, nous comprenons le prix et l'utilité de la résignation et de l'humilité, et les dangers de l'amour-propre, cet affreux défaut dont nous parlions plus haut.

Un reproche avant de te quitter : tu ne vas plus aimer ta pauvre Marie ainsi disgraciée, me dis-tu. Crois-tu donc que la véritable affection ait besoin d'être alimentée par le bonheur et les jouissances de l'orgueil ? Tu n'as pas réfléchi, ma chère, avant d'écrire ces lignes, tu n'as pas interrogé ton cœur, il t'aurait répondu que rien ne peut changer des sentiments aussi sincères que les nôtres, et tu aurais compris que c'est surtout dans la peine que je suis ton amie la plus dévouée.   **A...**

No 22. — *A une enfant nouvellement entrée en pension et désolée d'avoir quitté sa famille.*

Rien assurément, ma chère Clotilde, ne remplace la tendresse d'une mère, et ce n'est pas en vous engageant à oublier la vôtre, que je prétends vous consoler ; mais songez, chère enfant, que ce n'est que pour vous rendre digne d'eux que vos parents se sont décidés à vous éloigner, et que le vrai moyen de leur prouver votre tendresse n'est pas de vous lamenter, mais de mettre à profit, pour leur plaire, les jours de l'absence. Prenez courage, ma bonne petite, soyez forte pour faire l'apprentissage de la vie. Hélas ! de combien de douleurs ne seront pas suivies ces larmes, les premières que vous ayez sérieusement répandues dans votre vie. — Un autre conseil, ma pauvre enfant ; il ne faut pas que le chagrin vous rende injuste, c'est là un des écueils les plus essentiels à éviter. Ouvrez donc votre cœur, cessez d'être ennuyée et insensible, et la paix descendra sur vous. Vous aimerez

toujours votre bonne mère, vous appellerez de tous vos
vœux le jour qui vous rendra à ses caresses et à ses soins ;
mais ce sentiment si naturel ne vous empêchera plus
d'apprécier la bonté et la tendresse des dignes maîtresses
qui vous aiment déjà et ne demandent qu'à vous consoler,
à condition que vous leur donnerez votre confiance ; vous
n'avez qu'à vouloir, ma chérie, et toutes ces jeunes filles
qui vous entourent, deviendront pour vous des sœurs et
des amies.—Séchez vos vilains yeux rouges ; soyez gentille
comme vous savez l'être quand vous le voulez, et vous
verrez comme on vous fêtera, comme on vous recher-
chera, en un mot comme on vous aimera. Tandis que,
franchement, qui voulez-vous qui ose avoir une prévenance pour vous, tant que vous garderez cet air refrogné
et chagrin, qui, soit dit entre nous, ne va nullement
à vos joyeux dix ans et à votre figure fraîche et sou-
riante.

Voilà, pour les récréations que vous passez, me dites-
vous si tristement. Pour les classes, le secret est plus facile
et plus merveilleux encore : étudiez avec ardeur, travaillez assidûment et vous ne connaîtrez plus l'ennui, ce terrible fléau du paresseux. Si vous voulez bien essayer
de ce double remède, votre bonne mère, à sa prochaine
visite, ne vous quittera plus toute désolée et inquiète, car
vous aurez repris votre teint, votre appétit et votre charmante gaieté. Et voyez quel profit auront porté mes bons
conseils : la tranquillité d'esprit pour vous, le contentement et le bonheur pour votre famille.

Adieu, mon enfant, j'espère que bientôt je recevrai de vous une longue lettre qui remerciera ma vieille expérience et m'annoncera toute sorte de bonnes nouvelles; en attendant, je vous embrasse mille fois et suis toute à vous.

A...

Nº 23. — *A une tante infirme.*

Ma chère tante, je reçois à l'instant les nouvelles de la douloureuse maladie qui vient de vous paralyser le côté gauche, et je m'empresse de vous exprimer la part que je prends à ce malheur. Que ne puis-je, ma bien bonne tante, accourir auprès de vous, partager, en les soignant, des souffrances si cruelles, et vous répéter ces paroles que vous vous plaisiez à entendre il y a deux ans, lorsque j'avais la consolation de vous soigner dans cette grave maladie qui vous mit aux portes du tombeau : Courage et confiance en Dieu! — Une paralysie, dans les conditions où elle se présente chez vous, est, dit-on, un mal incurable et c'est surtout cette conviction qui vous désole. Mais, ma chère tante, Dieu n'est-il pas au-dessus des décisions de la science, et qui sait ?... Oh! je vous en conjure, ne perdez pas l'espoir; ne préjugez pas de l'avenir, la Providence est là, et, d'ailleurs, croyez-le bien, si elle vous laisse l'infirmité, il est des grâces d'état qu'elle ne vous refusera pas. Que votre besoin d'activité ne vous tourmente donc pas, Dieu y pourvoira. Quant à moi, je ne puis croire à une infirmité durable et je compte bien, aux vacances prochaines, vous trouver en état de reprendre ces promenades de l'an passé que vous saviez me rendre si agréàbles et si instructives. Mais j'oublie qu'il faut que je ménage votre santé et que je ne vous fatigue pas de mon bavardage; adieu donc, ma bien bonne tante; veuillez agréer mes respects les plus empressés, et me croire votre nièce bien affectionnée et toute dévouée.

A...

N 24. — *Une jeune fille qui a perdu sa mère à une amie.*

Vous ne sauriez, ma chère Louise, en me parlant de celle que j'aimais tant et que je regretterai toute ma vie, craindre de réveiller la source de mes larmes. D'abord, ma bien bonne amie, mes larmes n'ont pas encore cessé un instant de couler ; ensuite, entendre parler d'elle est ma seule consolation, comme le souvenir de sa tendresse, de ses vertus, sera désormais mon seul bonheur. Que la volonté de Dieu soit bénie ; ce qu'il permet est bien puisqu'il le veut, et mon âme résignée ne saurait se permettre un murmure. J'adore des desseins que je ne puis comprendre, mais cette résignation dont le ciel m'a fait la grâce et qui enlève à ma juste douleur l'excès d'un désespoir impuissant, ne m'empêche pas de sentir que de tous les malheurs qui pouvaient m'arriver, la perte qui vient de me frapper est le plus cruel.

Que vais-je faire si jeune, sans guide, sans appui ? Comment résisterai-je aux dangers qui sont semés, à plaisir, dit-on, sous les premiers pas que les jeunes filles font dans le monde ? Qui m'apprendra les devoirs qui m'attendent, qui m'indiquera les écueils et me soutiendra dans le péril?... A ces pensées, mon cœur s'épouvante, ma tête se perd... Dans ce trouble affreux, chère Louise, je me souviens des conseils de ma bonne mère : Lorsque tu seras inquiète et embarrassée, me disait-elle, cherche la paix et le calme en Dieu seul. Et je prie, et Dieu m'entend ! et je reconnais mon ingratitude ; je sens que je possède au ciel une tendre mère, Marie, la protectrice des orphelines ; je sens que celle qui a formé mon cœur, qui m'a enseigné à prier, ne peut m'abandonner quoiqu'elle ait quitté la terre ; j'entends sa voix, douce et harmonieuse comme celle des anges, qui me dit : Espère et aie courage ; une brillante couronne est réservée dans le ciel à ceux qui savent souffrir sur la terre... Plus calme ensuite, je jette un coup d'œil autour de moi, et, là encore, que de motifs de consolation ! Dieu ne m'a-t-il pas laissé de bons parents, désireux d'assurer mon bonheur ; des amis bien tendres, bien dévoués, parmi lesquels ma chère Louise qui a si affectueusement adouci ma douleur en pleurant et en souffrant avec moi ? Oh ! oui, Dieu est bien bon ; jusque dans l'épreuve il nous montre sa condescendance et sa miséricorde.

Voilà, ma chère Louise, l'état de mon âme ; ne craignez donc pas de venir causer avec moi de celle dont le souvenir m'inspire de si consolantes, de si pieuses pensées. Je ne saurai, au contraire, trop vous remercier de vos bonnes lettres, et vous répéter combien je vous aime et vous suis reconnaissante. Adieu et toute à vous.   A...

N° 25. — *A une amie, au sujet de la maladie incurable*
d'une personne chère.

Je n'ai jamais douté, chère Madame, de la part que
vous prendriez au pénible chagrin qui vient de frapper
notre famille; certes, après la douleur de perdre une personne chère, rien n'est plus affreux que de la voir en
proie à une maladie longue, douloureuse et mortelle.
Dieu seul peut savoir de quelles angoisses une telle pensée remplit le cœur. Longtemps, chère Madame, j'ai
cherché à lutter contre ma propre conviction, je me re-
fusais à l'évidence, je voulais conserver de l'espoir contre
toute certitude; mais, hélas! arrive un moment où il faut
voir la vérité dans toute sa crudité, c'est une extrémité
horrible! Après avoir épuisé toutes les ressources de la
science, après s'être rattaché à la moindre lueur d'espoir,
le dernier fil se brise dans votre main; il ne vous reste
plus que l'affreuse certitude que ces souffrances, que vous
cherchez à calmer sans y réussir, ne finiront qu'avec la
vie; vous en arrivez à demander au Ciel de prolonger ce
martyre que vous voudriez cependant faire cesser au
prix de votre propre existence, car à des angoisses sem-
blables il n'y a de fin qu'une catastrophe épouvantable.

Vous avez raison, mon amie, alors, il ne reste que
Dieu, les consolations de la religion et celles de l'amitié. Merci donc, merci mille fois, de l'empressement
avec lequel vous m'avez apporté ces dernières! Je ne
désire pas vous prouver le même degré d'affection dans

une semblable circonstance, mais si jamais l'occasion se présentait de vous montrer mon dévouement affectueux, alors vous comprendriez, par mon empressement et mon zèle, la reconnaissance avec laquelle je vous prie de me croire, Madame et bien chère amie, toute à vous de cœur. **A...**

N° 26. — *A une amie, après la perte d'un procès.*

Comme vous le dites fort bien, Madame et chère amie, en songeant à la rapidité de la vie, on devrait être détaché de toutes choses humaines, et cependant on ne sait, on ne veut faire aucun sacrifice. Les intérêts pécuniaires semblent l'unique affaire de notre existence, et nous croyons tout perdu dès qu'ils sont lésés. Quel aveuglement et combien de reconnaissance ne doit-on pas à l'amitié courageuse qui entreprend de nous arracher à cette dangereuse illusion! Merci donc, mille fois merci, chère Madame, pour la lettre que vous m'avez fait l'honneur de m'écrire! Les sentiments religieux que vous avez su réveiller en moi avec tant de tact et délicatesse, m'ont arrachée au désespoir, en faisant pénétrer dans mon cœur, ce désintéressement chrétien qui est le seul vrai bien ici-bas. Permettez-moi de me féliciter de posséder une amie telle que vous; c'est un trésor que ni la haine ni l'injustice ne sauraient me ravir, et pour lequel je ne puis rendre trop de grâces au ciel. C'est dans ces sentiments que je vous prie de me croire, Madame,

Votre très-humble et très-obéissante servante. **A..**

LETTRES DE DEMANDE.

SUJETS DE LETTRES DE DEMANDE.

N° 27. — *M. de Baville à madame de Maintenon.*

Vous avez eu la bonté de me permettre de recourir à vous dans les affaires les plus importantes qui pouvaient me regarder. Dans cette confiance, je vous prie de m'accorder votre protection. Je demande au Roi de donner à mon fils une place de conseiller d'État, en remettant celle que je remplis. J'ai considéré qu'étant hors d'état de servir S. M. dans ses conseils, à cause de ma surdité, j'étais devenu un serviteur inutile; et, n'ayant qu'un fils, j'avoue que l'objet de mes vœux serait de lui voir cet établissement.

Daignez, Madame, me donner en cette occasion des marques de vos anciennes bontés pour un vieillard sourd, goutteux, reconnaissant et revenu de toute ambition, mais non des sentiments paternels.

N° 28. — *Une jeune fille à sa mère.*

Ma bien chère maman, — Depuis quelques mois mes bonnes maîtresses m'ayant reconnu une extrême facilité pour la musique, m'ont donné la direction du chœur, dans nos petites fêtes du pensionnat, et toutes les person-

nes qui m'entendent, de croire que je suis musicienne ;
quand on leur dit que non, autour de moi, chacun ré-
pète : Quel malheur de laisser perdre de si heureuses
dispositions ! J'ai fini, chère maman, par dire comme tout
le monde, et je serais trop heureuse et trop reconnaissante, si vous aussi, vous vous laissiez convaincre. Ce ne
serait plus alors un malheur pour moi que d'être douée
du sens musical, car je vous le promets, j'étudierais avec
tant de reconnaissance, je ferais tant de progrès, que
vous n'auriez jamais à vous repentir de cette nouvelle
preuve de bonté pour votre petite Anna, qui ne pourra
jamais vous chérir plus qu'elle ne le fait, et qui vous prie
de la croire, votre fille soumise et bien affectionnée.

A...

N° 29. — *Une jeune fille à son père.*

Mon bon père , — Comme toujours, votre Angèle
vient à vous en suppliante ; mais à qui la faute si elle
est indiscrète, n'avez-vous pas l'habitude d'encourager
toutes ses fantaisies en répondant toujours à ses demandes ? Cette fois, du moins, ma requête est raisonnable ; vous allez en juger : La fête de maman approche,
je voudrais lui préparer un petit souvenir, mais hélas !
ma bourse est vide..... J'étais prête à me désoler, lorsque, par bonheur, j'ai songé à votre inépuisable bonté et
à votre bourse si bien garnie, qu'une pièce de vingt francs
toute ronde, n'y fera pas grande brèche. Vous devinez le
reste, mon cher papa, et, bien sûre que mon espoir ne

sera pas trompé, j'ai déjà compté les heures qui doivent s'écouler avant votre réponse et fait tous mes calculs, tous mes arrangements. Qu'elle excellente chose qu'un bon père ! c'est une providence vivante que l'on ne saurait trop aimer, et que, pour mon compte, j'embrasse bien tendrement de tout mon cœur.   A...

N° 30. — *Fénelon à madame Roujault.*

Je vous supplie, Madame, de me permettre de vous demander une grâce, qui n'est qu'une continuation de celle que j'ai déjà reçue. Vous avez eu la bonté de protéger le sieur Provenchères auprès de M. Mainon, qui voulut bien lui accorder un emploi de la manière la plus obligeante. Je ne dois jamais en oublier les circonstances. J'espère que vous voudrez bien achever votre ouvrage, en faisant maintenir cette même personne dans sa commission. On assure qu'il fait son devoir avec une exactitude et une probité reconnues. Il craint que certains changements arrivés ne l'exposent à perdre sa place, et il a recours à la protectrice de qui il la tient. Vous ne devez pas être étonnée, Madame, de me voir si rempli de confiance dans une affaire où j'ai déjà tant de preuves de votre bon cœur et de celui de monsieur votre père. Si vous lui recommandez encore une fois les intérêts de l'homme qu'il a placé d'une manière si gracieuse et si touchante, je ne doute point qu'il ne lui fasse sentir les effets d'une protection continue. Je ne saurais finir cette lettre sans vous dire, Madame, que toutes vos attentions et toutes celles de **M.** Roujault pour les personnes qui me sont chères ne me dédommagent nullement de ce que j'ai perdu quand vous êtes partie de ce pays. Je ne saurais cesser de ressentir vivement cette perte, et l'unique chose qui peut m'en consoler est la persuasion que vous m'honorez toujours l'un et l'autre d'une sincère bienveillance.

Jugez par là, Madame, avec quel zèle, vous sera toujours dévoué votre, etc.

Nº 31. — *Une pensionnaire demande à sa mère une robe d'uniforme neuve.*

La désobéissance, m'avez-vous dit bien souvent, chère maman, est toujours punie ; certes je n'ai jamais refusé de croire à la vérité de vos paroles ; mais s'il m'était jamais venu à la pensée de douter de celle-là, je l'aurais joliment appris ce matin à mes dépens ; mais je vais tout vous conter, afin que vous sachiez, chère maman, et ma faute et la punition qu'elle a reçue : Figurez-vous que le jardinier avait laissé une grande échelle sous un arbre, je m'aperçois que c'est un mûrier, couvert des plus belles mûres que j'aie jamais vues ; je me souviens combien ce fruit est délicieux et combien je l'aime ; je compte les échelons : une dixaine tout au plus, ce sera si vite grimpé. Et, en effet, en deux secondes je suis à la hauteur des premières branches, et puis manger tout à mon aise. Un peu plus loin cependant les mûres me paraissaient plus grosses ; je me hasarde sur l'arbre et m'assieds au beau milieu. Que vous dirai-je, chère maman ? tout à coup je m'aperçois que ma belle robe d'uniforme est perdue, couverte de taches, je veux descendre, et dans ma précipitation, je déchire ma robe d'une telle façon, qu'il est impossible de la raccommoder. Que ferais-je si je n'avais une bonne maman qui aura pitié de sa petite étourdie, et qui, en faveur surtout d'un aveu sincère, pardonnera et remplacera la robe. En échange de tant de bontés, je vous promets à l'avenir plus d'obéissance et de soin, et je prends la résolution de devenir aussi sage que le désire et l'espère ma bonne petite mère, que je ne puis embrasser aujourd'hui, mais que j'aime bien tendrement, et que je tiens à rendre aussi heureuse qu'il me sera possible.   A...

No 32. — *Une veuve veut obtenir la protection d'un personnage puissant par l'intermédiaire d'une dame avec laquelle elle a été liée.*

Madame, je ne sais si vous vous souvenez de relations trop agréables, en ce qui me concerne, pour que j'en aie perdu le souvenir, et qu'en toute autre occasion j'aurais été si heureuse de vous rappeler, tandis qu'aujourd'hui je crains que vous puissiez penser que ce soit l'intérêt et non le cœur qui reveille ma mémoire. Il faut donc, Madame, que je me rappelle combien vous êtes indulgente et bonne pour oser vous importuner. Depuis la mort de mon mari je sollicite en vain la liquidation d'une pension à laquelle j'ai droit, ainsi que l'obtention d'une bourse, dans un collége, pour mon fils aîné; l'attente me vient de jour en jour plus difficile. Assurément M. le Ministre ne peut méconnaître mes titres, mais il faut arriver jusqu'à lui, et sans votre intermédiaire, Madame, sans l'aide de votre crédit bien connu, je ne puis espérer qu'une bien lointaine solution. Permettez-moi de compter sur cette preuve d'intérêt et daignez agréer, avec mes très-humbles remerciements, l'hommage de mes sentiments les plus distingués et me croire, Madame, votre très-reconnaissante et toute dévouée servante.   A...

RÉPONSES AUX LETTRES DE DEMANDE.

N° 33. — *Une mère accorde à sa fille le maître de musique que celle-ci lui a demandé.*

Je ne veux pas, ma chère fille, avoir à me reprocher de mettre obstacle au développement des talents que la Providence t'a accordés ; je m'empresse donc de dire comme tout le monde, qu'il serait dommage que tes bonnes dispositions pour la musique fussent perdues et j'accorde de grand cœur les leçons que tu désires ; j'écris en conséquence par le même courrier à tes dignes maîtresses. Mais songe mon enfant à notre position : tu n'es pas appelée à vivre dans ce monde frivole et élégant où l'unique

affaire d'une femme est de briller, tu es au contraire destinée à vivre modestement, femme de ménage avant tout,
économe, active et travailleuse. Ne fais donc pas de cette
nouvelle étude, une occupation telle, qu'elle te détourne
de devoirs plus graves, mais un simple délassement, un
moyen surtout de rendre agréable à la famille l'intimité
du foyer domestique. Laisse-moi espérer, ma chère enfant, que tu prendras pour règle de conduite les lignes
suivantes que j'emprunte pour toi à l'excellent ouvrage
du R. P. Huguet, *Les délassements permis*, et alors les
craintes qui ont un instant suspendu ma réponse n'auront plus d'objet. Je transcris textuellement ces quelques lignes empruntées par le pieux auteur aux écrits
d'une jeune fille aussi distinguée par les qualités du
cœur que par celles de l'esprit. — « Si je possède dit-
elle, le génie de la musique, le talent de l'exécution et
une voix agréable, au lieu de chercher à me procurer
par ces avantages des jouisssances de vanité, je craindrai
de les faire paraître au dehors ; je les réserverai pour ma
mère, pour d'intimes amis, pour ce vieillard à qui la musique rappelle quelques doux souvenirs, pour cet être
souffrant et malheureux dont elle calme les nerfs et
charme les ennuis ; et si, dans le monde, je ne puis me
dispenser de montrer ces talents, je le ferai de bonne
grâce, mais sans assurance orgueilleuse, sans orgueilleuse
timidité, sans autre désir que de ne pas déplaire. Je
choisirai de préférence les airs dont les paroles n'auront
rien de dangereux ni de profane ; j'aimerai à faire en-

tendre au milieu des salons les beaux morceaux d'une musique grave et religieuse, et les chants composés sur les poésies sacrées ; enfin, je me plairai, ô mon Dieu, à mêler ma voix dans votre saint temple aux voix simples des fidèles, »

Je te quitte, mon enfant sur ces bonnes pensées. Dieu veuille qu'elles deviennent ta propre manière de voir, ton heureuse mère n'aura plus rien à souhaiter. Adieu, mille tendres baisers.   A...,

N° 34. — *Une marraine à sa filleule.*

En servant de répondant à ma chère Henriette devant Dieu et devant les hommes, je n'ai pas cru m'engager seulement à surveiller de loin ma bonne petite filleule, j'ai surtout promis d'être pour elle une seconde et bien tendre mère. Pourquoi donc prendre avec moi des détours de politesse au lieu de m'exposer tout simplement tes besoins ou tes désirs. Est-ce ainsi, chère enfant, qu'on parle à une mère ?... sais-tu qu'il m'a fallu mettre mon esprit à la torture pour deviner ce dont il s'agissait à travers toutes tes belles phrases. En outre que ce n'est pas là la simplicité que j'exige dans nos rapports, ce n'est même pas conforme aux règles de l'art épistolaire et si j'étais ta maîtresse je te donnerai pour pensum le précepte sur les lettres de demandes à copier cent fois dans le *Style épis-tolaire* de madame Drohojowska. Mais heureusement que si j'ai le droit de gronder, je n'ai pas mission de punir, de cette façon là du moins, car voici une pénitence d'une autre espèce : — au lieu de l'album que vous désirez, Mademoiselle, je vous adresse par le retour du courrier tous ceux du même auteur, au risque de vous voir déserter la récréation pour le piano. Adieu mon Henriette, étudie, pense à moi et surtout aime-moi comme je t'aime, sans façon et sans compliments. A...

N° 35. — *Une tante à sa nièce.*

Non, ma chère enfant, vous n'aurez pas le maître de dessin que vous me demandez ; votre taille qui menace de tourner s'accommoderait fort mal de cette nouvelle étude prise sur le temps de la récréation. Mais en revanche je vous ferai donner des leçons de gymnase qui vaudront mieux pour votre santé. Adieu, ma nièce, je vous embrasse tendrement. A...

N° 36. — *Une jeune fille à son frère.*

Eh ! quoi, mon frère, vous désiriez ma petite bourse verte et vous ne m'en disiez rien ; que vous êtes méchant d'avoir si longtemps gardé un désir qu'il vous était si facile de satisfaire ! Je devrais vous garder rancune, et je vous avoue que j'en aurais bonne envie, si retarder d'un seul jour mon petit envoi n'était pas m'imposer à moi-même un sacrifice au-dessus de mes forces ; vous ne recevrez qu'une bagatelle et j'aurai la satisfaction de vous avoir été agréable ; quelle différence et qui serait le plus puni... Vous savez que je ne puis vous écrire sans qu'un mot de morale vienne se glisser sous ma plume et cette fois l'occasion est trop belle pour que je me dispense de suivre ma vieille coutume : que ces fins réseaux de soie, ne s'élargissent pas trop en vos mains, mais qu'ils vous apprennent à retenir votre argent un peu plus serré; en bonne prose, mon frère, que ma bourse vous dise chaque fois que vous l'ouvrirez, combien je désire vous voir enfin prendre un peu d'ordre et d'économie. Si je vous aime comme je fais, léger comme vous êtes, que serait-ce, Monsieur, si vous deveniez sage, raisonnable, tel enfin que le souhaitent nos bons parents... Sur ce, mon bon frère, adieu et toute à vous. A...

N° A un jeune homme qui espérait obtenir un emploi.

Je suis vraiment désolée, Monsieur, mais lorsque le jour même où j'ai eu l'honneur de recevoir votre lettre, je me suis présentée chez M. X. l'emploi que vous désiriez venait d'être donné. Une autre fois je l'espère, j'aurai plus de bonheur et je pourrai vous prouver tout mon désir de vous obliger. Je dois d'ailleurs vous dire, Monsieur, que cette place n'était pas ce que vous pensiez et qu'il eût été malheureux peut-être qu'elle vous eût été accordée, attendu qu'elle n'offrait aucune certitude d'avenir. Maintenant que je connais vos désirs, je vais me mettre à la recherche d'une occasion plus avantageuse et je vous prie de croire qu'il ne dépendra pas de moi qu'elle ne se présente bientôt.

En attendant veuillez me croire, Monsieur, votre servante bien dévouée. A...

N° 38.' — *Madame de Maintenon à madame de Brinon.*

Les affaires de madame de Brunswick, Madame, sont devenues affaires d'État, desquelles par conséquent ni vous, ni moi nous ne devons plus nous mêler ; il faut qu'elles se traitent par les ministres et que nous nous contentions de faire des vœux pour sa satisfaction ; je m'y intéresse autant que j'aie jamais fait et suis fâchée d'y être inutile... Adieu, Madame, je suis ici dans un grand repos, le roi s'y plaît tout à fait ; mais le temps est effroyable.

LETTRES DE CONSEIL.

N° 39. — *Madame de Maintenon à madame de Montfort.*

Ne pensez pas avoir reçu de l'esprit pour ne le pas employer pour Dieu et pour n'être pas obligée à supporter les faibles au lieu de vous en moquer. Ne croyez pas que la raillerie soit une marque d'esprit ; le seul usage des honnêtes gens les fait vivre plus honnêtement les uns avec les autres. On passe la vie ensemble : il y en a de sots, de spirituels, de savants, d'ignorants ; il y en a d'agréables, d'importuns et cela se passe sans se railler, sans se fâcher et sans que ceux qui ont plus d'esprit que les autres fassent souffrir ceux qui en ont moins. Mais ce serait un chemin bien plus court si vous pouviez prendre celui de la piété : on en apprend plus en un mois sous celui qui nous l'inspire que nous ne faisons toute notre vie dans la morale païenne. — Bonsoir, ma chère fille.

N° 40. — *Sully à mademoiselle de Launay,* (*connue sous le nom de madame de Staal.*)

L'on m'a dit que vous êtes à Paris, Mademoiselle : l'intérêt que je prends à ce qui vous regarde m'a fait apprendre avec plaisir le parti que vous avez pris.

Vous serez peut-être surprise de trouver une lettre de moi toute remplie de préceptes : ce n'est pas trop mon usage d'en donner, encore moins d'en écrire ; mais vous êtes de mes amies, et il m'a semblé que je devais vous parler sur ce pied-là.

Je crois que, dans les vues que vous avez, le moins de séjour que vous pourriez faire dans une maison garnie sera le meilleur ; ce n'est point là où je voudrais que vous fissiez vos premières connaissances.

Je voudrais, par la même raison, que vous fussiez un peu circonspecte sur le choix de vos amies et de vos amis ; je voudrais aussi que vous fussiez plus occupée de la réputation de votre jugement que de celle de votre esprit. Servez-vous, je vous prie, des expressions les plus simples, et surtout ne faites aucun usage de celles qui sont propres aux sciences ; quoique elles expriment beaucoup mieux, ne succombez point, je vous prie, à la tentation de vous en servir. Enfin, je voudrais que vous fussiez occupée uniquement de vous établir une réputation solide, sans chercher à plaire par les agréments ; mais je crains que ma dernière maxime ne soit opposée à la nature ; l'envie de plaire pourrait bien être naturelle à votre sexe. Sans renverser l'ordre des choses, n'employez que le simple pour plaire, et qu'il n'y ait rien de recherché dans vos manières.

En voilà assez et peut-être trop. Adieu, Mademoiselle ; je vous prie d'être persuadée que vous pouvez compter véritablement sur moi.

N° 41. — *Madame de Sévigné à madame de Grignan.*

J'ai écrit au marquis, ma chère comtesse, quoique je lui eusse déjà fait mon compliment. Je le prie de lire dans cette triste garnison où il n'y a rien à faire ; je lui dis que, puisqu'il aime la guerre, c'est quelque chose de monstrueux de n'avoir point envie de voir les livres qui en parlent, et de connaître les gens qui ont excellé dans cet art. Je le gronde, je le tourmente, j'espère que nous le ferons changer : ce serait la première porte qu'il nous aurait refusé d'ouvrir. Je suis moins fâchée qu'il aime un peu à dormir, sachant bien qu'il ne manquera jamais à ce qui touche sa gloire, que je ne le suis de ce qu'il aime à jouer. Je lui fais entrevoir que c'est une ruine : s'il joue peu, il perdra peu, mais c'est une petite pluie qui mouille : s'il joue souvent, il sera trompé, il faudra payer, et s'il n'a point d'argent, ou il manquera de parole, ou il prendra sur son nécessaire. On est malheureux aussi parce qu'on est ignorant, car, même sans être trompé, il arrive qu'on perd toujours. Enfin, ma fille, ce serait une très-mauvaise chose et pour lui et pour vous qui en sentiriez le contre-coup. Le marquis serait donc bien heureux d'aimer à lire : la jolie, l'heureuse disposition ! on est au-dessus de l'ennui et de l'oisiveté, deux vilaines bêtes.

N° 42. — *Madame de Maintenon à Madame de Saint-Pars.*

Les vertus prennent racine en vous, si vous les exercez fidèlement en chaque occasion, sans vous rebuter quand vous y aurez manqué : les projets de perfection ne sont pas la perfection ; nous nous amusons trop à faire des arrangements dans nos idées : tantôt nous faisons de grandes résolutions sur l'humilité, tantôt sur l'obéissance et nous sommes si pleins de nos idées et si attentifs à ce modèle de vertu qui est dans notre imagination, que nous oublions que c'est nous qui devons pratiquer ces vertus. Je ne trouve rien de si solide, de si droit et de si facile que le conseil de saint François de Sales qui ne veut de prévision et de projets que pour le jour présent. Je voudrais que vous essayassiez de cette pratique : — je serai aujourd'hui des premières au chœur, je ferai mes classes avec régularité, je m'en vais au parloir, je n'y dirai rien que d'utile ; j'écouterai avec patience toutes les demandes qu'on me fera ; si notre mère m'ordonne quelque chose, je ne répliquerai pas un mot et je sacrifierai toutes mes vues à l'obéissance ; le silence sonne, je le garderai et travaillerai avec le recueillement que la règle m'ordonne ; la récréation vient, je me relâcherai

simplement et je contribuerai à la joie innocente de mes
sœurs, me tournant à la conversation qu'elles entameront
sans m'attacher à mon goût particulier. Voilà, ma chère
fille, une bonne journée; et quand demain s'appellera aujourd'hui, je recommencerai. Je crois cette conduite au-
dessus de tous projets et de tous examens de ces sentiments, de ces attraits qui sont souvent trompeurs. Je
loue Dieu des sentiments qu'il vous donne sur la vie commune; vous en serez plus parfaite et plus humble.

N° 43. — *Une sœur à sa sœur qui vient d'entrer en pension.*

Je viens d'abord, ma chère Clarisse, consoler des regrets trop nouveaux encore pour s'être calmés. Voilà deux
jours seulement que tu nous a quittées, et il nous semble
qu'il y a un siècle. Tu ne saurais croire, ma bonne petite
sœur, le vide et la tristesse que ton absence laisse dans la
maison; nous te voyons, nous t'entendons partout, et, le
croirais-tu, nous regrettons même jusqu'à cette turbulence
qui nous faisait enrager naguère. Mais ce n'est pas là ce
qui doit faire le sujet de cette lettre; il s'agit de choses
bien autrement importantes: une jeune fille qui a quitté la
maison paternelle pour le pensionnat n'est plus un enfant
espiègle, c'est une demoiselle raisonnable à qui l'on doit
parler le langage du bon sens et faire entendre de graves
et sérieux conseils.

Je viens donc, ma bonne sœur, mettre à ton service
ma propre expérience et essayer par mes avis de te pré-
munir contre les écueils qui vont heurter tes premiers pas.

La vie de pension, ma chère, est l'apprentissage de celle du monde, et demande surtout parmi d'autres vertus essentielles, l'obéissance, l'activité, la condescendance et l'égalité d'humeur. Une soumission prompte et gracieuse te fera chérir de tes maîtresses, rendra Dieu favorable à tes études et te fera éviter toutes les fautes graves ; car, moyennant l'obéissance, nous mettons notre conscience en repos et sommes sûres d'être toujours dans le droit chemin. — L'activité et l'application te feront profiter des leçons que tu recevras, charmeront tes maîtres et dédommageront nos bons parents des sacrifices qu'ils s'imposent pour notre éducation. Enfin, ma chère, pénètre-toi, dès à présent, de cette vérité qui assurera, en grande partie ton bonheur dans l'avenir ; c'est que la vie étant un échange continuel de condescendance réciproque, le plus heureux ici-bas est celui qui sait supporter beaucoup, céder en toutes choses peu importantes, subordonner ses goûts à ceux d'autrui, n'imposer jamais ses opinions et régler de telle sorte son caractère que ses amis le trouvent toujours d'une humeur douce et égale. Essaie de cette conduite dès à présent, et tu verras combien tes jeunes compagnes qui trouveront en toi toujours les mêmes goûts, le même empressement à jouer, non pas au jeu qui te plairait, mais à celui qu'elles te proposeront, la même complaisance à leur aider dans leurs devoirs, à leur éviter un blâme, tu verras comme elles te chériront et comme tu seras contente de toi et des autres : surtout, ma bonne sœur, renonce au désir de faire briller cet esprit que Dieu t'a donné si vif et si prompt ; modère-le au contraire, et surtout, que jamais il ne s'exerce aux dépens de qui que ce soit. — Aie en horreur les rapports, les petites méchancetés, les critiques enfantines, tout cela rapetisse l'esprit et accoutume à la médisance et à la moquerie, deux défauts bien graves chez une grande personne. Sois empressée sans importunité, affectueuse sans familiarité, franche dans toute ta conduite aussi bien vis-à-vis de tes maîtresses qu'avec tes compagnes. Enfin, pour terminer par un conseil qui les résume tous : ne te crois pas trop jeune pour prendre des habitudes de piété ; aime le bon Dieu, mon enfant, prie-le avec ferveur chaque fois que le règlement indique la prière, et dans le courant de la journée songe à lui offrir, par un mot sorti du cœur, tes petits chagrins, tes premiers triomphes et jusques à tes plaisirs. Aime la sainte Vierge aussi, prie-la de te protéger, de te garder comme sa fille chérie. Et au milieu de tout cela pense, sans trouble et sans ennui, à tes parents, à ta sœur surtout, qui te chérit et voudrait te voir parfaite. — Adieu, petite sœur, laisse-moi essuyer tes dernières larmes par mille baisers et me dire toute à toi.

A. D.

N° 44. — *Une jeune femme à sa sœur qui va entrer dans le monde.*

Depuis six mois que tu as quitté la pension, tu as vécu, ma chère Amélie, d'une vie aussi calme et aussi retirée que celle que tu menais au couvent ; mais voici que tout va changer autour de toi; le retour de nos bons parents à la ville va commencer pour toi une existence nouvelle; tu vas aussi faire ton entrée dans le monde. Je suis sûre, ma bonne sœur, que ce seul mot fait battre ton cœur de joie et d'espoir; il te semble que tout est plaisir et enchantement sur ce vaste théâtre où Dieu veuille que tu ne sois pas trop vite et trop cruellement désillusionnée. Tu ne saurais croire combien je regrette de ne pas être auprès de toi en ce moment; l'importance du premier pas dans le monde est si grande! De là dépend bien souvent tout l'avenir d'une femme, son bonheur et sa réputation. Je sais que notre bonne mère veille sur toi, je sais que son expérience et sa tendresse vaudront mieux que mes conseils; mais je sais aussi que la jeunesse est téméraire et trop souvent ne se confie pas assez dans l'expérience de ceux que le ciel lui a donnés pour guide; les avis d'une sœur que l'âge rapproche de nous et qui n'a d'autre autorité qu'une amitié et une confiance réciproques, sont quelquefois plus écoutés; voilà les pensées qui ont fait naître mes regrets et qui motivent cette lettre.

Figure-toi bien, ma chère Amélie, que tous les regards vont être fixés sur toi et que l'impression que tu produiras ne s'effacera jamais; fais donc en sorte que cette impression te soit favorable; ne cherche pas à briller, sois simple, modeste, gracieuse, telle enfin que nous t'aimons en famille; pas de recherche dans ta mise, pas de minauderie dans tes manières, pas d'affectation dans tes paroles, tout cela ferait mal juger ton cœur, ton esprit et ton éducation. Montre-toi polie et prévenante pour les personnes âgées, bienveillante et empressée pour les jeunes filles de ton âge, réservée, sans raideur et sans affectation pour les personnes qui te sont inconnues. Écoute avec attention, ne te mêle à aucune conversation sans y être invitée, répond d'un ton modeste aux questions qui te sont adressées, évite surtout de faire admirer ton esprit.... Mais, ma chère, pourquoi m'étendre sur ce sujet, lorsque je ne peux mieux faire que de me décharger de la tâche si difficile de moraliste, en t'engageant à lire et à méditer un excellent livre où tu trouveras une règle complète de conduite, et les meilleurs conseils sur les moyens d'être bonne, aimable, aimée et heureuse ; je veux parler des *Délassements permis aux personnes pieuses,* où se trouve réuni à une admirable expérience du monde et du cœur humain, tout le charme d'un beau style et d'un esprit gracieux. Relis ces conseils, ma bonne Amélie, et tu apprendras le secret d'être heureuse ; car le bonheur, même dans le monde, consiste, crois-le bien, à comprendre, à pratiquer la piété et à ne jamais oublier que si le monde nous observe pour nous juger sur les apparences, Dieu voit le fond de nos cœurs, et nous jugera sur nos sentiments réels, considérant comme stérile et hypocrite toute vertu produite par la vanité.

Adieu, ma chère sœur, je te quitte sur cette bonne pensée, et suis de loin comme de près, ta meilleure amie.   A. D.

LETTRES DE REPROCHE.

N° 45. — *Madame de Genlis à madame d'A....*

Il ne faut pas, dites-vous, *bouder* son amie, lorsqu'elle
est à deux cents lieues ; mais faut-il aussi lui pardonner
de manquer à tous les devoirs de l'amitié ? Si vous savez
une maxime qui prescrive cela, vous auriez bien fait de
la citer, car celle-là seule pouvait appuyer votre raison-
nement. Il s'agit bien de *bouder !* Je ne vous boude pas,
mais je suis outrée et blessée jusqu'au fond de l'âme.
Vous n'avez pas de parents plus près, vous n'aviez point
d'amie plus tendre et plus ancienne; et, dans la seule
occasion de votre vie où vous pouviez me donner une véritable preuve de confiance, vous me traitez comme une
étrangère!... En effet, il y a bien de quoi bouder un peu,
il faut en convenir. Ce n'était pas entièrement votre secret ; vous partez pour quatre ans, et c'est le secret d'un
autre ! Mais, mon Dieu, quelle esclave êtes-vous donc ?
M. d'A... vous avait ôté le droit de le confier, c'est-à-dire
défendu; vous êtes assurément une femme bien soumise,
et lui un despote bien impérieux. Enfin, j'avais tort,
vous me le prouvez, et je me corrigerai. Vous prétendez

que j'aurais dû deviner ce que vous n'osiez me confier, parce que vous avez été triste à souper ; comme je ne vous ai jamais vu une gaîté bien remarquable, et que la distraction vous rend assez souvent sérieuse, j'avoue que je n'ai pas été frappée de cette prétendue tristesse; au reste, c'était la veille de votre départ, et quand j'aurais pénétré quelques heures plus tôt un projet médité depuis deux ans, en vérité je n'en aurais pas été plus satisfaite de vous.

Adieu.... Ce n'est pas adieu jusqu'à ce soir, jusqu'à demain ; c'est adieu pour quatre ans, pour ma vie peut-être !... Voilà une pensée qui n'est pas gaie... Comment une seule idée mélancolique peut-elle ainsi tout à coup amollir le cœur ? Mes yeux se remplissent de larmes.... Je ne suis presque plus en colère contre vous, mais je suis triste à mourir. Écrivez-moi, écrivez-moi prompte-ment et avec détail. Vous voyez de quelle rancune je suis capable. Que je suis faible ! Après cet aveu, je puis convenir encore que je vous aime toujours, et qu'il m'est impossible de vivre sans vous le dire et sans vous en voir persuadée.

N° 46. — *Le cardinal de Bernis à V....*

A quel jeu vous ai-je perdu, mon cher confrère ? Pour-quoi suis-je tombé dans votre disgrâce ? vos lettres ne me sont-elles pas parvenues, ou n'avez-vous pas reçu mes ré-ponses ? J'ai été fort exact. Je ne saurais penser que vous m'ayez totalement quitté. Si ce n'est qu'une infidélité passagère, je sens que je vous aime assez pour vous la pardonner. Dites-moi donc ce que c'est, et ne me laissez pas croire que je suis un sot de vous aimer, et vous un ingrat de ne pas répondre à tous les sentiments qui m'attachent à vous pour la vie.

N° 47. *A une amie négligente.*

Voici trois lettres que je vous écris, ma chère Louise, sans que vous me donniez signe de vie. Quelles graves occupations vous absorbent à ce point que vous ne puissiez disposer d'un quart d'heure en faveur de l'amitié ! Savez-vous qu'il faut tout au moins que vous soyez occupée des affaires de l'État pour que je vous pardonne votre négligence !... Mais je plaisante lorsque je devrais me fâcher ; après tout, ai-je tort?.. je crois que non, car je suis bien sûre que sous ce silence, il n'y a ni oubli ni négligence, mais paresse. — Oh ! le vilain mot, dit Louise. — Bah ! puis-je répondre, le défaut est bien pis encore, et si quelqu'un a le droit de se récrier, ce n'est pas assurément la coupable.

En cherchant bien quelle punition je pourrais infliger à ma négligente amie, je songe à lui faire payer sa paresse par deux longues lettres à lire tous les jours ; — quelle pénitence, grand Dieu! vite du papier, de l'encre, que j'écrive à l'instant et, qu'à tout prix, j'évite cette avalanche épistolaire.—Bon, je voulais une lettre, je l'aurai à ce prix; mais à ce prix seulement je promets de fermer mon secrétaire pour huit jours au moins. En attendant, je ne

3.

veux pas vous embrasser, je ne veux pas même vous dire
adieu, et pourtant je suis toujours votre amie.   A. D.

N° 48. — *A un jeune homme dont on attend depuis long-temps la visite.*

Sont-ce les vieilles figures qui vous font peur, mon
cher monsieur; tout en avouant qu'un frais visage est
plus gracieux que des traits ridés par l'âge, néanmoins je
soutiens que vous auriez tort de vous éloigner d'une
amie parce qu'elle est vieille; souvent sous une écorce
flétrie se cache un bois plein de séve. Ainsi sous mes
soixante-dix ans vous trouverez un cœur jeune et dévoué.
N'oubliez donc plus, mon jeune ami, les liens qui m'u-
nissent à votre famille, et consacrez-moi quelques instants de votre vie si occupée. J'ai, vous le savez, reçu
mission de veiller sur vous, de vous conseiller, de vous
aider de ma vieille expérience. Or, comment voulez-
vous que je sois fidèle à mes engagements, si je ne vous
vois pas, si surtout vous êtes introuvable. Car je suis
venue chez vous plusieurs fois, et toujours sans vous rencontrer. Que dois-je croire de l'abandon où vous me
laissez ?.... Prenez garde, les jeunes gens ne s'éloignent
de leurs anciens amis que lorsqu'ils veulent se livrer à
des camarades dangereux, et c'est là le plus grand péril de votre âge. Oh ! je vous en conjure, au nom de
votre mère, au nom des soins et de la tendresse dont elle
vous a comblé, défiez-vous des mauvaises compagnies,
soyez circonspect et prudent dans le choix de vos amis,

et ne négligez pas ainsi ceux qui vous aiment et n'ont rien tant à cœur que votre avantage et votre bonheur. Je vous supplie de me donner promptement signe de vie et surtout de croire à l'affection et au dévouement avec lesquels je suis toute à vous.   **A. D.**

N° 49. — *Une mère à sa fille.*

Hier soir, ma chère Joséphine a parlé sans réflexion, et son inconséquence a blessé une personne qu'elle devrait, au contraire, entourer d'égards et de prévenances ; j'ai vivement souffert de cette étourderie, j'en ai été triste toute la soirée, mais je me suis abstenue de tout reproche : j'espérais que Joséphine reconnaîtrait ses torts et de son propre mouvement chercherait à les réparer. Quelle n'a donc pas été ma tristesse, en entendant ma pauvre fille, de retour à la maison, se vanter de son soidisant trait d'esprit ? Eh ! quoi, mon enfant, vous appelez esprit cette pitoyable causticité qui s'exerce aux dépens d'autrui ! Vous enviez ce triomphe du méchant qui consiste à arracher un sourire, un applaudissement aux âmes vulgaires, mais qui crée autour de lui le vide du cœur et choque toutes les natures honnêtes ! Savez-vous comment j'appelle cet esprit, comment le monde l'appelle lui-même ? Égoïsme et mauvais cœur. Égoïsme, car la jeune fille qui prétend ainsi briller sans tenir compte du froissement qui en résulte pour un tiers, ne songe qu'à elle ; mauvais cœur, car une âme généreuse craindrait de blesser une personne respectable par son âge et ses vertus, et loin de vouloir exercer son esprit à ses dépens, lui témoignerait une respectueuse déférence. Mais j'en ai dit assez ; dans le cœur de ma bonne Joséphine il y a de l'étourderie, il ne saurait y avoir de méchanceté. Je suis sûre qu'à la première ligne de cette lettre, elle a reconnu sa faute, qu'elle l'a déjà réparée par le repentir, et que je puis sans arrière-pensée et sans crainte l'embrasser comme je l'aime.　　　　　　　　　A. D.

N° 50. — *Une maîtresse de maison à un domestique de confiance.*

Est-ce bien vous, mon vieux et bon Joseph, qui avez pu vous oublier ainsi ; vous si bon, si poli, si obligeant, comment avez-vous pu manquer d'égards et de pitié envers un honnête fermier dans le malheur. Vous savez cependant combien votre maître est compatissant ; vous savez que s'il vous a donné plein pouvoir comme il l'a fait, c'est parce qu'il était convaincu que vous agiriez toujours d'après les mêmes principes de douceur et de bonté. Que dira-t-il lorsqu'il saura que vous vous êtes si étrangement écarté des bonnes traditions d'une famille que vous avez si longtemps et si fidèlement servie ! Vous n'avez, mon bon Joseph, qu'une seule manière de vous excuser ; c'est de réparer au plus vite votre faute en portant la consolation et l'espoir dans le pauvre ménage que votre rudesse a si fort effrayé, et en n'oubliant plus à l'avenir que les véritables intérêts de vos maîtres demandent que vous ménagiez les hommes dont Dieu les rend responsables, en les plaçant sous leur dépendance, bien plutôt que de grossir leurs revenus de quelques centaines de francs. A bientôt, je l'espère, mon bon Joseph, le plaisir de vous faire oublier cette lettre, en vous félicitant, comme par le passé, sur votre bonne et charitable gestion ; et en attendant, recevez l'assurance de ma confiance et d'une estime que rien ne peut altérer.   A.D.

Nº 51. — *A une couturière.*

Madame, la dernière robe que vous m'avez envoyée est complétement manquée ; le corsage est trop court de taille et trop étroit des épaules, et il n'y a rien dans les coutures pour remédier à ces défauts. De plus, on a tellement gaspillé l'étoffe, qu'au lieu d'un mètre qu'il devrait y avoir de reste pour le cas d'un besoin, je n'ai trouvé au fond de la caisse que quelques petits morceaux bons tout au plus à remplacer un liseré ; c'est donc une robe perdue. Je suis convaincue que ces défauts et ce gaspillage ne sont pas le fait d'une personne aussi habile et aussi consciencieuse que vous ; mais vous ne deviez pas confier une robe de prix à une aide maladroite et infidèle. J'espère que je n'aurai plus à vous reprocher un semblable désagrément, et qu'à l'avenir je n'aurai, comme par le passé, qu'à me louer de votre travail. Dans cet espoir, je vous prie de recevoir l'assurance de ma considération distinguée.   A. D.

N° 52. — *A un épicier en gros.*

Monsieur, accoutumée comme je le suis à ne vous adresser jamais que des éloges, je suis désolée d'avoir à vous annoncer que votre dernier envoi laissait beaucoup à désirer. 1° Le sucre n'est pas bon ; il est d'une teinte grise, désagréable à l'œil, fond très-rapidement et sucre fort peu. 2° Le café moka est si complétement avarié, qu'au lieu de donner de l'arome au mélange que j'ai l'habitude de faire, il lui communique un goût de mousse de mer qui le rend imprenable ; enfin la caisse était si mal conditionnée, que tous les articles s'en sont ressentis, les oranges étaient écrasées, le vermicelle en poudre et le riz tout humide.

Je garde le sucre tel qu'il est, mais le café ne pouvant être employé, je vous serai très-obligée de me le changer. Je suis fâchée d'avoir à reprocher une semblable négligence à un fournisseur avec lequel je suis depuis si longtemps en rapport, et je vous prie de croire qu'il a fallu que les défauts que je viens de vous signaler soient bien réels pour que je m'en sois plainte.

Recevez, je vous prie, Monsieur, l'assurance de ma considération distinguée.   A. D.

LETTRES D'EXCUSES.

N° 53. — *Madame de Sévigné au comte de Bussy.*

Faisons la paix, mon pauvre comte; j'ai tort, je ne sais jamais faire autre chose que de l'avouer.

N° 54. — *M. de Coulanges à madame de Simiane.*

Vous ne manquez à rien, Madame, et j'ai bien des pardons à vous demander d'avoir soupçonné, comme je l'ai fait, votre régularité. Je me garderai bien désormais de tomber dans la faute énorme que j'ai commise envers vous; je ne veux point passer auprès de vous pour un petit bonhomme épineux, et vous pouvez fort bien m'écrire *à vos points et aisément,* comme on dit, et quelquefois même ne me faire aucune réponse, sans que jamais je m'offense, etc.

N° 55. — *Le cardinal de B,.... à V.....*

Je vous demande pardon, mon cher confrère, d'un si long silence. J'ai fait de petits voyages; mais comme on ne gagne jamais rien de bon à voyager, je suis revenu ici avec un gros rhume, un peu de fièvre et un peu de goutte. Je n'ai point voulu vous écrire quand j'étais de mauvaise humeur.

N° 56. — *Une jeune fille à sa mère.*

Bien chère maman, comment ai-je fait pour laisser écouler un mois tout entier sans vous écrire, moi qui vous avais promis au moins une lettre par semaine. Voilà la question et en même temps le reproche que je m'adresse depuis plusieurs jours ; reproche auquel je pourrais, sans beaucoup de peine, trouver quelque excuse, si je n'aimais mieux avouer simplement ma faute et me confier à votre indulgente tendresse. Sûre de mon pardon, je tiens à vous en exprimer par avance ma gratitude et à la mériter en quelque sorte par la résolution bien sincère d'être plus exacte à l'avenir et de ne jamais plus vous faire attendre ces lettres auxquelles vous avez la bonté d'attacher tant de prix.

Quoique bien pressée de retourner à mes devoirs, je ne veux pas, chère maman, terminer ma lettre sans vous dire que ma santé est toujours excellente, qu'on est assez content de ma conduite et de mon travail, et enfin que plus je grandis, mieux je comprends vos bontés pour moi, et par conséquent plus je vous chéris. C'est dans ces sentiments que je vous embrasse de tout mon cœur et que je vous prie de me croire, chère maman, votre fille bien soumise et affectionnée.   A. D.

N° 57. — *A une sœur qu'on a offensée.*

Quelle vilaine chose que la vanité, et combien, chère Louise, je vais tâcher de m'en débarrasser ; je n'avais jamais aussi bien compris ses dangers qu'en réfléchissant hier soir, après t'avoir quittée, à cette vivacité, à cette susceptibilité qui, je t'assure, pèse bien lourdement sur ma conscience, et que peut-être, ma bonne sœur, tu as encore toi-même sur le cœur. Cette dernière pensée me désole. Comment puis-je t'affliger, toi si bonne, si indulgente, si parfaite, en un mot. Comment puis-je recevoir si mal des conseils donnés avec tant de douceur et que tu appuies si bien par ton propre exemple. Je serais plus qu'étourdie et vaniteuse, je serais vraiment méchante si je ne me repentais de tout mon cœur. Pardonne-moi donc, chère sœur, un moment d'oubli et d'humeur que je ne me pardonne pas, et surtout ne me fais pas attendre le billet qui m'apportera ce bienheureux et bien désiré pardon, dont je te suis d'autant plus reconnaissante que je ne le mérite pas. En attendant, adieu et toute à toi.

A. D.

N 58. — *A un frère à qui on a oublié de souhaiter sa fête.*

Les absents ont toujours tort, dit le proverbe ; le proverbe ment assurément, et cependant, mon cher Alfred, j'avoue que ma conduite semble assez lui donner raison. Ne dirait-on pas, en effet, que j'ai oublié la fête de mon bon frère, et que parce que cent lieues nous séparent, je n'ai point songé au bouquet que tous les ans j'étais si heureuse de lui offrir? Si Alfred croyait cela, il se tromperait joliment, car pendant plus d'un mois, maman peut le lui dire, je n'ai songé qu'à cela ; j'en parlais toute la journée, je faisais les plus beaux projets du monde. Mais, hélas ! je suis toujours la petite étourdie d'il y a six mois, tu sais, lorsque tu prétendais que je faisais tout à contre-temps, et voilà que la veille du grand jour, j'ai oublié la date, si bien que mon bon Alfred a pu douter du cœur et du souvenir de sa petite sœur qui l'aime cependant bien tendrement, qui lui souhaite une excellente fête et qui l'embrasse de tout son cœur.

A. D.

P. S. A propos, j'oubliais le point important. J'ai préparé pour ta fête un porte-cigares qui est, dit-on, un vrai chef-d'œuvre. J'ai voulu te l'envoyer ; maman prétend que le port coûterait trop cher ; je le garde donc, à mon grand regret, jusqu'à ton arrivée ; mais je ne veux pas me priver du plaisir de te l'offrir dès aujourd'hui. Mon post-scriptum dépasse les dimensions permises ; mais tu m'excuseras, je l'espère, en faveur du présent qui lui donne lieu.

LETTRES DE REMERCIEMENTS.

N° 59. — *A une tante avec laquelle on vient de voyager.*

Ma bien chère tante, le souvenir de mes vacances m'est d'autant plus précieux qu'il me rappelle à chaque instant du jour vos tendres soins. Ces plaisirs si doux qui me procurent encore par la pensée une sorte de jouissance, à qui les dois-je, si ce n'est à vos bontés ; certes, ma bonne tante, je ne saurais avoir pour vous une reconnaissance trop profonde et trop affectueuse, moi qui ai trouvé dans votre tendresse une compensation si puissante au malheur qui m'a faite orpheline dès le berceau.

Figurez-vous, ma bonne tante, que grâce à vous, je suis devenue l'oracle du pensionnat ; vous ririez bien si vous voyiez mes compagnes se presser autour de moi, à la récréation du soir et écouter dans un *solennel silence* le récit ou plutôt les impressions de mes voyages ; jugez quelle importance cela donne à votre petite Eugénie. Le souvenir que je préfère, celui que, semblable aux vieux soldats qui répètent cent fois l'histoire de la journée où ils ont reçu une blessure ou la croix, je le redis sans cesse : c'est notre arrivée à Marseille. Le cri d'étonnement et d'admiration que m'arracha l'immensité de la mer, l'aspect majestueux des vaisseaux dans le port et le mouvement des quais où se pressaient tous les types connus de la grande famille humaine ; ce cri alors vient jusqu'à mes lèvres, et l'effet du souvenir est si vif qu'il me semble voir revivre autour de moi ce tableau saisissant. Puis, c'est l'impression produite par les pensées, que quelques planches nous séparaient des abîmes sans fond de la mer, ensuite l'agitation d'un équipage qui lève l'ancre, l'admiration produite par l'ordre admirable qui règne dans ce tumulte apparent.... Et après les éblouissements causés par le mouvement du navire, les premières atteintes de cet affreux mal de mer que l'admiration ne tarde pas à dissiper.... Et notre relâche aux îles Baléares, et notre arrivée à Alger, où nous attendaient des mœurs, un climat, une vie enfin tout différents de ce que j'avais jamais vu.... Mais je m'arrête : vous étiez là, chère tante, c'est vous qui enrichissiez ainsi mon esprit et mon cœur en lui procurant les plus ravissants contrastes ; c'était vous dont la parole brillante et aimable faisait ressortir à mes yeux tout ce qui se présentait à nous de beau et de bon !...

Comment vous remercier de tant de bontés, si ce n'est en redoublant de zèle, de bonne conduite. Daignez donc agréer ma résolution de me rendre digne de vous en travaillant sérieusement à former mon intelligence et mon caractère, et avec cette promesse, veuillez recevoir l'hommage de la tendresse la plus respectueuse et la plus reconnaissante d'une nièce qui vous chérira jusqu'à la fin de ses jours.   A. D.

N° 60. — *A un père.*

Mon bon et bien-aimé père, vous dire toute la surprise, toute la joie que m'a causé hier le beau présent de fête que vous m'avez envoyé, me serait impossible ; mais ce que je veux du moins essayer, c'est de vous en exprimer toute ma reconnaissance. Vous connaissez le cœur de votre fille, eh bien ! cher papa, tâchez de lire les sentiments qu'elle éprouve ; je vous assure, par exemple, que vous resterez toujours au-dessous de la vérité, car Dieu seul sait combien je m'estime heureuse de posséder un père comme vous, combien je le respecte et je l'aime, combien enfin je suis pénétrée de ses bontés et résolue de m'en rendre digne par mon application et mes vertus. Oui, mon bon père, je sais au prix de quels sacrifices, de quelles privations non-seulement vous m'assurez l'inestimable bienfait d'une bonne éducation, mais vous allez encore au-devant de tous mes désirs, vous prévenez mes moindres fantaisies. Certes, toute une vie de dévouement ne suffirait pas à reconnaître tant de tendresse et de bienfaits; et cependant je prétends m'acquitter envers vous; c'est que je connais votre indulgence, je sais que ma bonne volonté vous suffit, et je suis sûre qu'elle ne fera jamais défaut, toutes les fois qu'il s'agira de vous prouver la reconnaissance et le respect avec lesquels je vous prie de me croire, mon cher père, votre fille soumise et bien affectionnée. A. D.

No 61. — *A une sœur aînée.*

Je pensais à toi ce matin, ma chère Louise, et je me disais : Dieu est bien bon, et jusque dans ses rigueurs il nous ménage; c'est ainsi qu'à moi, pauvre enfant à qui il a enlevé sa mère dès la première enfance, il a donné une sœur tendre et dévouée, et en bénissant la Providence, je songeais combien je devais t'aimer. L'annonce que l'on me demandait au parloir m'arrache à ces douces pensées; je pense que c'est toi que je vais embrasser, et,

malgré les règlements, je franchis l'escalier en deux
bonds; je ne cours pas, je vole. Ce n'était pas toi; mais
c'était mieux encore peut-être que ta visite : notre vieille
bonne m'apportait de ta part un charmant écrin. Oh! le
ravissant bracelet!... et c'est Louise qui me l'envoie.
N'est-il pas vrai, ma bonne, que c'est à elle qu'il a été
donné, qu'elle s'en prive pour moi. — Chut! répond Marianne en souriant avec mystère, on me recommande le
secret et vous savez que je suis discrète. — Mais je n'ai besoin ni des aveux ni des dénégations de Marianne, je
connais ma sœur chérie, je sais que son bonheur est de
s'imposer des privations pour une petite étourdie qui en
est souvent très-peu digne, mais qui du moins apprécie
les vertus et les délicates attentions de sa seconde mère
et lui adresse ici du plus profond de son cœur mille remerciements et autant de baisers bien tendres.   A. D.

N° 62. — *Racine au prince de Condé.*

MONSEIGNEUR,

C'est avec une extrême reconnaissance que j'ai reçu
encore, au commencement de cette année, la grâce que
Votre Altesse sérénissime m'accorde si libéralement tous
les ans. Cette grâce m'est d'autant plus chère que je la regarde comme une suite de la protection glorieuse dont
vous m'avez honoré en tant de rencontres, et qui a toujours fait ma plus grande ambition. En conservant pré-
cieusement les quittances du droit annuel dont vous

avez bien voulu me gratifier, j'ai bien moins en vue
d'assurer ma charge à mes enfants que de leur procurer
un des plus beaux titres que je puisse leur laisser, je
veux dire les marques de la protection de V. A. S. Je
n'ose en dire davantage, car j'ai éprouvé plus d'une fois
que les remerciements vous fatiguent presque autant que
les louanges.

Je suis avec un profond respect, etc.

N° 63. — *Madame de Saint-Géran à madame de Maintenon.*

Point de procédé, Madame, plus généreux que le vôtre : à mon insu, vous demandez une grâce pour moi,
vous l'obtenez, vous laissez à M. de Pontchartrain le soin
de me l'apprendre ! En vérité, la somme dont le roi augmente ma pension est trop considérable : je n'aspirais
qu'à une vie commode, et vous m'en procurez une
agréable ! Il me serait bien difficile de vous exprimer ce
qui se passe dans mon cœur sur vos bontés pour moi ;
il en est pénétré, et je ne puis m'empêcher de vous dire
tout grossièrement que je vous aime comme ma vie. Je
fais marcher mon profond respect après les sentiments
les plus tendres : ce n'est point le cérémonial de la cour,
mais c'est celui du cœur.

N° 64. — *La Bruyère au comte de Bussy.*

Si vous ne vous cachiez pas de vos bienfaits, Monsieur,
vous auriez eu plus tôt mon remerciement. Je vous le dis

sans compliment, la manière dont vous venez de m'obliger m'engage pour toute ma vie à la plus vive reconnaissance dont je puis être capable. Vous auriez bien de la peine à me fermer la bouche ; je ne puis me taire sur une action aussi généreuse.

Je vous envoie, Monsieur, un de mes livres des *Caractères*, fort augmenté, et je suis, avec toute sorte de respect et de gratitude, etc.

N° 65. — *Monsieur Nodier à mademoiselle Fanny Robert, jeune sourde-muette.*

Je vous remercie, belle, chère et admirable Fanny ! Jamais plaisir n'a été plus complet et plus doux que celui que m'a donné votre délicieux dessin ; toutes les charmantes idées de la vie sont là, C'est Désirée et c'est vous !

Ne regrettez pas le sens que Dieu vous a ôté, Fanny ; c'est qu'il hésitait à vous faire âme ou corps, et que les misérables organes du vulgaire seraient une disgrâce pour les anges. La parole est si peu de chose, une expression si imparfaite de la pensée, que les malheureux qui, comme moi, sont obligés d'en faire métier, ne s'en servent qu'avec dégoût, quand ils s'élèvent par l'imagination au mystère d'une pure intelligence. Et voyez ce que j'en fais avec vous ; que puis-je vous dire qui peigne mon admiration, mon enthousiasme, ma reconnaissance, ma tendresse ? Hélas ! tout cela n'est rien, tout cela n'est pas ce que je sens ; ce que je sens, cherchez-en le secret dans votre cœur, il me traduira mieux.

Mille grâces, chère Fanny ? mille, cent mille, des millions, autant qu'il y a de perfections en vous, de ressources dans votre esprit, d'heureuses inspirations dans votre génie ! Aimez-nous comme nous vous aimons.

LETTRES DE RECOMMANDATION.

N° 66. — *Madame de Maintenon à madame la présidente de Nicolaï.*

Trouvez bon, Madame, que je vous présente, par ce billet, mademoiselle de Fortin, puisque je ne saurais le faire autrement, et que je vous rende mille grâces des bontés que vous avez pour elle ; vous ne pouvez, Madame, les mieux placer. C'est la plus sage, la plus douce et la meilleure fille du monde, et j'espère que Dieu lui fera la grâce de demeurer dans la sainte maison où vous voulez lui faire l'honneur de la mener. Elle porte les cinq cents livres que vous avez eu la bonté de lui donner, afin de ne leur être pas à charge ; et, quoique la place doive être gratis selon le droit du roi, je compte, Madame, donner mille livres pour elle, le lendemain de sa profession. Je sais qu'on n'est pas riche à Hyères, et l'amitié que nous avons pour mademoiselle de Fortin nous oblige à faire quelque chose d'extraordinaire pour elle ; c'est à vous, Madame, qui en êtes sa mère par votre charité, à prendre les précautions que vous jugerez nécessaires pour que les cinq cents livres ne soient pas perdues si elle avait le malheur de sortir. Madame la duchesse d'Uzès et madame de Barbezieux la recommandent à madame l'abbesse, et tout cela, Madame, joint à votre protection, la fera considérer. Je suis très-aise de cette occasion pour vous assurer, Madame, que je suis avec beaucoup d'estime votre très-humble servante.

N° 67. — *A un oncle en lui envoyant un jeune orphelin.*

Mon cher oncle, je vous connais si bon, si charitable, que je n'hésite pas à vous donner l'embarras d'un intéressant orphelin à placer. Ce pauvre enfant avait perdu son père et sa mère, il restait seul, abandonné, sans ressources; sa position était affreuse. A ces titres à l'intérêt, il joint un beau caractère, de l'intelligence, un grand désir de s'instruire qui le mettront à même, je l'espère, d'être promptement et avantageusement placé. En supposant que cet espoir ne se réalise pas aussi vite que nous le désirons, vous avez bien moyen, mon cher oncle, de l'utiliser chez vous. Je crois même que ce serait le parti le plus prudent ; sous votre direction et votre surveillance il chercherait à se former et à se consolider dans les bons principes qui ont présidé à sa première éducation.

Bon, allez-vous dire, ma nièce est toujours la même ; elle dispose de moi comme d'elle-même. Je ne cherche point à nier que le reproche ne soit vrai, mais à qui la faute, mon bon oncle, si ce n'est à cette indulgence, à cette bonté, qui font de vous le meilleur des oncles, et de moi la plus reconnaissante, mais la plus despotique nièce que l'on puisse imaginer.

Mille remerciements pour tout ce que vous voudrez bien faire pour mon protégé, et en échange, veuillez agréer, mon cher oncle, la nouvelle assurance de ma respectueuse affection.   A. D.

N° 68. — *A une cousine, pour lui recommander une ouvrière.*

Ma bonne cousine, Marguerite S... qui vous remettra cette lettre est une jeune fille active, intelligente, honnête, que de grands malheurs ont réduite à la misère et qui cherche du travail avec un courage et une persévérance vraiment admirables. En la faisant travailler, vous ferez une bonne œuvre en même temps que vous y trouverez un profit réel ; je lui ai d'ailleurs promis par avance *votre pratique*, et je vous sais trop bonne pour croire que vous vouliez compromettre ma parole engagée en ne remplissant pas ma promesse. Je compte donc sur *tout* votre intérêt pour ma protégée, et ravie de la savoir en si bonnes mains, je rends grâces à Dieu pour tout le bien que vous lui ferez et que j'aurai le modeste mérite de lui avoir procuré. N'admirez-vous pas avec quel talent l'égoïsme tire toujours son épingle du jeu ?... En attendant que j'aie le plaisir de vous remercier de vive voix de *tout ce que vous aurez fait*, veuillez me croire votre affectionnée parente.   A. D.

No 69. — *A M. de B... en lui adressant un jeune homme.*

Mon cher monsieur, le jeune homme pour qui j'écris cette lettre est le fils d'un brave et loyal officier, mort en Afrique sur le champ de bataille. Après avoir fait pendant sa première jeunesse la joie et l'orgueil de sa mère, le voici maintenant devenu son seul appui. Il se rend à Paris dans l'espoir d'y trouver une position, et malgré son excellente conduite et ses bons principes, sa pauvre mère ne le voit qu'avec effroi se lancer seul et sans guide sur ce théâtre du monde, dangereux en tous lieux, mais surtout à Paris. Je ne suis parvenue à la rassurer qu'en lui parlant de votre crédit, et par-dessus tout de votre bonté. Vous voilà donc engagé à votre insu et forcé, en quelque sorte, à servir de Mentor à notre jeune débutant. C'est un trésor précieux que je vous confie, car je ne connais pas de caractère plus noble, d'âme plus pure et plus généreuse ; mais je n'en suis pas inquiète, car je ne connais au monde qu'un seul homme digne par ses vertus de servir de tuteur à un pupille si accompli. Cet homme parfait je ne vous le nommerai pas, seulement je vous prierai de lui dire que je suis toute à lui de cœur.   A. D.

No 70. — *A une femme riche qui désire une demoiselle de compagnie.*

Chère madame, il y a quelques instants que mademoiselle N,..., fille d'une de mes vieilles amies et élève des dames de l'Abbaye-aux-Bois, destinée dans sa jeunesse à une brillante fortune, mais réduite par suite de grands malheurs à vivre de son travail, est venue me conter qu'une femme bonne, pieuse et riche avait besoin d'une demoiselle de compagnie, que ce poste comblerait tous ses vœux, mais que jamais elle n'oserait s'offrir à elle sans lui être présentée. Je demande le nom de la dame, et jugez de mon étonnement et de ma joie lorsqu'elle vous nomme. Je voudrais l'accompagner et voler avec elle auprès de vous, mais la goutte, cet implacable ennemi qui me tient non à la gorge, mais aux jambes, depuis près d'un an, m'oblige à maîtriser mon impatience, et au lieu d'une bonne visite, je mets la plume à la main. Souffrez donc que je vous recommande ma jeune et charmante protégée aussi instamment qu'on peut le faire. Je ne peux croire qu'elle ne vous charme tout d'abord, et presque sûre du succès, je vous remercie d'avance et me dis votre très-reconnaissante et vieille amie.   **A. D.**

LETTRES DE NOUVELLES.

Nᵒ 71. — *Madame de Sévigné à madame X****.

J'ai vu hier représenter la tragédie d'*Esther*. Je ne puis vous dire l'excès de l'agrément de cette pièce. C'est une chose qui n'est pas aisée à représenter, et qui ne sera jamais imitée. C'est un rapport de la musique, des vers, des chants, des personnes, si parfait et si complet, qu'on n'y souhaite rien. Les filles qui font des rois et des personnages sont faites exprès. On est attentif, et on n'a point d'autre peine que celle de voir finir une si aimable tragédie. Tout y est simple, tout y est innocent, tout y est sublime et touchant. Cette fidélité de l'histoire sainte donne du respect ; tous les chants, convenables aux paroles, qui sont tirés des Psaumes ou de la Sagesse, et mis dans le sujet, sont d'une beauté singulière. La mesure de l'approbation qu'on donne à cette pièce, c'est celle du goût et de l'attention.

Nᵒ 72. — *La même à madame de Grignan.*

Vous saurez qu'avant hier au soir, après être revenue de chez madame de Coulanges, où nous faisons nos paquets les jours d'ordinaire, je songeai à me coucher ; cela n'est pas extraordinaire ; mais ce qui l'est beaucoup, c'est qu'à trois heures après minuit, j'entendis crier au voleur, au feu, et ces cris si près de moi et si redoublés, que je ne doutai point que ce ne fût ici ; je crus même entendre que l'on parlait de ma pauvre petite fille ; je m'imaginai qu'elle était brûlée ; je me levai dans cette crainte, sans

lumière, avec un tremblement qui m'empêchait de me
soutenir à peine. Je courus à son appartement, qui est le
vôtre ; je trouvai tout dans une grande tranquillité ; mais
je vis la maison de Guitaut toute en feu ; les flammes pas-
saient par-dessus la maison de madame de Vauvineux ;
on voyoit dans nos cours, et surtout chez madame de Guitaut, une clarté qui faisait horreur ; c'étaient des cris,
c'était une confusion, c'était un bruit épouvantable, des
poutres et des solives qui tombaient. Je fis ouvrir ma
porte, j'envoyai mes gens au secours. Monsieur de Guitaut m'envoya une cassette de ce qu'il a de plus précieux ;
je la mis dans mon cabinet, et puis je voulus aller dans
la rue pour *béer* comme les autres ; j'y trouvai monsieur
et madame de Guitaut presque nus, madame de Vauvineux, l'ambassadeur de Venise, tous ses gens, la petite
de Vauvineux qu'on portait tout endormie chez l'ambassadeur, plusieurs meubles et vaisselles d'argent qu'on
sauvait chez lui, madame de Vauvineux faisant démeu-
bler : pour moi, j'étais comme dans une île ; mais j'avais
grand pitié de mes pauvres voisins. Madame de Guitaut
et son frère donnaient de très-bons conseils ; nous étions
dans la consternation : le feu était si allumé qu'on n'o-
sait en approcher ; et l'on n'espérait la fin de cet embrasement qu'avec la fin de la maison de ce pauvre Guitaut.
Il faisait pitié : il voulait aller sauver sa mère qui brûlait
au troisième étage ; sa femme s'attachait à lui, le retenait
avec violence, enfin, il me pria de tenir sa femme, je le
fis ; il trouva que sa mère avait passé au travers de la

flamme, et qu'elle s'était sauvée. Il voulut aller retirer quelques papiers, il ne put approcher du lieu où ils étaient ; enfin, il revint à nous dans cette rue où j'avais fait asseoir sa femme ; des capucins pleins de charité et d'adresse travaillèrent si bien, qu'ils coupèrent le feu. On jeta de l'eau sur le reste de l'embrasement, et enfin, le combat finit faute de combattants ; c'est-à-dire, après que le premier et le second étage de l'antichambre, et de la petite chambre, et du cabinet, eurent été absolument consumés. On appela bonheur ce qui restait de la maison, quoiqu'il y ait pour Guitaut pour plus de dix mille écus de perte, car on compte faire rebâtir cet appartement, qui était peint et doré. Ils ont un grand regret à des lettres de monsieur le Prince. Vous m'allez demander comment le feu s'était mis à cette maison; on n'en sait rien : il n'y en avait pas dans l'appartement où il a pris ; mais si l'on avait pu rire dans une si triste occasion, quels portraits n'aurait-on pas faits de l'état où nous étions tous ? Madame de Guitaut avait perdu une de ses pantoufles ; madame de Vauvineux était en petite jupe sans robe de chambre ; tous les valets, tous les voisins en bonnet de nuit ; l'ambassadeur était en robe de chambre et en perruque, et conserva fort bien la gravité de *sérénissime* ; mais son secrétaire était admirable ! Voilà les tristes nouvelles de notre quartier. Je prie *Deville* de faire tous les soirs une ronde; pour voir si le feu est éteint partout ; on ne saurait avoir trop de précaution pour éviter ce malheur. Je souhaite que l'eau vous ait été favorable; en un mot, je vous souhaite tous les biens, et je prie Dieu qu'il vous garantisse de tous maux.

Nᵒ 73. — *Mademoiselle d'Aumale à madame de Vertrieux.*

Le siége de Landrecies est levé, redoublons nos actions de grâces. Madame m'ordonne de vous mander qu'il faut travailler à votre canonisation, puisque vous avez fait ce miracle. Le roi est extrêmement content; Madame aussi. Elle a encore reçu la cour avec plus de joie que de l'affaire de Denain. On est ici transporté. On fait le siége de Douai, et nous ne nous servons que de ce qu'on a trouvé dans Marchiennes. C'est d'hier, à huit heures du matin, que les ennemis ont levé leur dernier camp. On dit que depuis l'affaire de Denain plusieurs de leurs soldats s'étaient jetés dans Landrecies faute de pain. La disette était si grande que, pendant huit jours, chaque soldat n'en a eu que deux livres pour les huit jours.

La santé de Madame suit les bonnes nouvelles. On chantera un beau *Te Deum* à Notre-Dame; on a quarante drapeaux à y porter.

Madame me fait ajouter ici qu'elle veut que mademoiselle de Cessieux soit occupée tout l'hiver à lui conter, à son dîner, les détails des trois récréations que les demoiselles doivent avoir : de l'affaire de Denain, une de Marchiennes, et la troisième de Landrecies. Elle est bien contente de ce qu'elle entend dire de la première.

4.

No 74. — *Mademoiselle d'Aumale à madame de Glapion.*

Madame a été hier soir si accablée de la journée, qu'elle n'a pas trop bien passé la nuit ; cela n'est pas étonnant ; toutes les dames d'ici étaient dans le même état que Madame. La joie fait quelquefois du mal quand elle vient si subitement ; je crois que vous en avez beaucoup à Saint-Cyr. Au milieu de tout cela, Madame m'a dit que vous et madame de Saint-Périer troubliez sa joie ; elle sait que vous toussez, et que madame de Saint-Périer n'est pas trop bien rétablie. Elle veut que vous soyez gaie, et même vous l'ordonne ; elle me l'a dit très-sérieusement. Avez-vous reçu la lettre qu'elle vous a écrite ?

J'ai reçu la boîte de notre saint-père ; je vous en remercie, et M. Brederey aussi ; dites-lui que je suis bien contente de Madame dans ces temps de joie.

Madame la comtesse est en bonne santé ; elle vous embrasse, elle pense à l'éventail : il se fait, mais nous avons eu des retards par rapport aux devises; on ne trouve pas aisément des gens qui en fassent de bonnes.

Voilà bien des lettres de mademoiselle d'Esplats que j'ai reçues ici.

Madame la duchesse de Noailles ne viendra que mercredi ou jeudi.

Ma santé, puisque votre bonté pour moi en est inquiète, va tout doucement. La vache est très-aimable, d'une bonne taille, d'un âge mûr et donne de bon lait. Nous avons vendu un cochon à madame d'O ; nous vendrons

dans peu les autres. Il y a un canet de mort et un pou-
let ; notre agneau est malade. Il a été saigné d'une manière assez fâcheuse, car le berger lui a coupé les deux
oreilles ; il devait l'être aujourd'hui au-dessus de l'œil ; il
est fort enflé.

Madame est fort gaie ; je tâche de l'amuser un peu.
Nous sommes aussi occupées des plaisirs du roi, et madame de Caylus, madame d'Auxy et moi, avons l'honneur
de jouer *Esther* devant lui, par morceaux détachés. D'autres fois nous chantons sans acccompagnement ; quelque fois avec la basse, la viole ou la flûte.

Madame d'Auxy n'est pas fâchée ; elle n'est pas d'une
humeur à prendre les choses si vivement ; je vous réponds
qu'elle n'y pense pas...

N° 75. — *Une jeune fille à une amie.*

Je t'ai promis, ma chère Laure, de te tenir au courant
de l'emploi de mes vacances, et je dois, quoi qu'il m'en
coûte, tenir ma promesse. Que ce mot *quoi qu'il m'en
coûte,* ne t'effraie pas, ma bonne amie ; il ne doit pas te
donner à supposer qu'aucun plaisir puisse affaiblir notre
amitié et m'empêcher de trouver une plus chère jouissance que causer avec toi ; mais il veut tout simplement
dire que ma vie est ici tellement active, que je dois prendre le soir, sur mon sommeil le temps de t'écrire, ce que,
par parenthèse, je fais aujourd'hui à moitié endormie.

Nous menons une existence charmante, et je n'avais
pas idée de tout ce que la campagne peut procurer de

douces jouissances et d'utiles enseignements. C'est vraiment admirable et je crois que pour former le cœur et développer le jugement, une visite à la ferme où l'on arrive à travers les blés tombant sous la faucille du moissonneur, et les troupeaux errants dans les pâturages, et où l'on trouve l'activité, l'ordre et la gaîté, vaut mille fois mieux que toute une vie passée dans les riches salons des villes, où l'esprit des femmes ne s'exerce que sur des futilités. — La vie des paysans est bien heureuse; quel calme, que de jouissances morales ils pourraient se procurer! — Pourquoi faut-il que l'ambition trouble cette paix si digne d'envie et leur montre les villes comme le but par excellence auquel ils doivent tendre... Mais je t'ai promis des faits et voici que je m'égare dans mes réflexions, je t'entends me rappeler à l'ordre et je reviens à mon sujet : voici des nouvelles.

Depuis quinze jours que je suis ici, j'ai pu apprécier les deux contrastes qui se partagent notre vie : j'ai assisté au mariage de mademoiselle de X. Tu sais la sage et charmante amie qui quitta la pension l'année même où nous y entrâmes, et qui avait su, pendant les quelques jours où nous l'avons connue, nous charmer par sa piété et sa douceur et nous inspirer la bonne résolution de marcher autant que possible sur ses traces. Les fêtes du mariage ont été brillantes; mais on ne songeait qu'à vanter la mariée, en oubliant les splendeurs de la fortune pour rendre hommage à la charité de la jeune femme qui, ayant reçu vingt mille francs pour acheter une parure, a demandé et

obtenu la permission de se passer de diamants et de con-
sacrer cette somme à fonder une école spéciale pour les
petites filles de la paroisse. Huit jours après cette noce,
une cérémonie d'un caractère tout opposé nous amenait
dans la même église. Nous étions de nouveau vêtues de
blanc, mais un long voile avait remplacé les fleurs de nos
cheveux et des larmes sincères avaient succédé à notre
joyeuse gaîté ; nous accompagnions à sa dernière demeure
la cousine de la jeune mariée, gracieuse jeune fille de
onze ans qu'une esquinancie venait d'enlever en quatre
jours à la tendresse de sa famille. — Mais à propos, une
nouvelle aussi étonnante pour le moins que le fameux
mariage de Mademoiselle avec Lauzun, et pour laquelle
à aussi juste titre que madame de Sévigné, je pourrais te
laisser jeter ta langue aux chiens : Berthe de N., si vaine,
si coquette, si égoïste en un mot, est transformée ; la
piété a touché, changé son cœur ; c'est à ne pas la reconnaître. Figure-toi au lieu de cet air arrogant, de ce
ton tranchant que tu sais, une attitude modeste qui ravit,
un ton doux et mesuré, un sourire d'ange et une bonté,
une prévenance, une abnégation inimaginables ! Que l'on
dise après que Dieu ne fait plus de miracles !...

Je suis allée la semaine passée à S***, choisir une ravis-
sante toilette dont ma tante a voulu me faire présent. En
souvenir de toi et pour ne rien changer à nos goûts com-
muns, j'ai voulu une robe bleue, malgré la supériorité
réelle d'une étoffe rose du même genre et du même prix ;
j'espère que c'est pousser l'amitié jusqu'à ses dernières

limites. La journée s'était écoulée bien joyeusement, et nous rentrions au château par un magnifique clair de lune lorsque les chevaux effrayés par l'ombre d'un tronc d'arbre, placé au bord de la route, ont pris le mors aux dents; ma tante qui est très-délicate était dans un état nerveux qui m'épouvantait plus que le danger que nous courions. Enfin tout cela s'est terminé par un saut de quelques mètres qui a jeté pêle-mêle, gens, chevaux et voiture, dans une prairie un peu plus humide que nous ne l'aurions désiré. Le cocher a eu le bras démis, mon oncle a craint un instant une fracture de la cuisse, heureusement il en a été quitte pour une contusion; ma tante saine et sans blessures, a été plus sérieusement malade que personne; ta petite servante seule s'est tirée de là sans malencontre. Du reste tout est réparé aujourd'hui, nos malades sont en pleine convalescence, et nous ne songeons plus à notre accident que pour remercier le bon Dieu de nous avoir épargné les malheurs sérieux qui pouvaient en résulter.

J'espère que tu ne m'accuseras pas d'être laconique; peut-être, au contraire, trouveras-tu que pour *un écrivain* à demi endormi, je garde bien longtemps la plume, et que j'abuse ainsi des droits de l'amitié. Quelles que soient mes craintes à cet égard, je mets bel et bien mes quatre pages sous pli, sans pitié pour tes yeux, qui auront fort à faire pour déchiffrer mes hiéroglyphes. Par exemple, je n'ajoute qu'un seul mot pour te dire que je t'aime.   A. D.

Nº 76. — *Une jeune femme à une amie.*

Vous voulez des nouvelles, ma chère Berthe, et c'est à moi que vous les demandez, à moi, qui vis dans une solitude presque complète, tout occupée de mon ménage et du soin de rendre notre intérieur agréable à mon mari et à mon vieux père. Vous ne pouviez, en vérité, plus mal vous adresser ; cependant comme il me peinerait de répondre par un refus à une de vos demandes, je vais tâcher de vous satisfaire.

Parlons d'abord des jeunes filles que nous avons toutes deux connues et aimées ici ; comme nous elles ont vieilli et la plupart sont mariées. Pauline *** a épousé un riche propriétaire dont elle fait le bonheur et qui bénit Dieu tous les jours d'avoir su préférer dans sa femme la bonté et les vertus à la richesse. Thérèse, au contraire, après avoir éloigné tous les partis par sa hauteur et sa coquetterie, en a été réduite, pour ne pas courir risque de demeurer vieille fille, d'épouser un jeune homme léger, dissipateur, qu'aucune mère de famille n'aurait voulu donner pour époux à sa fille. Pauvre Thérèse, elle paie cruellement les vices de son éducation ; si elle eût eu une mère, certes ses défauts se seraient corrigés et elle ne serait pas à présent menacée de la misère et en proie à des chagrins inimaginables. De pareils exemples doivent nous faire aimer et bénir doublement les tendres mères qui, après nous avoir rendu notre jeunesse si douce et si facile, nous ont appris à devenir comme elles, de bonnes et heureuses mères de famille. Mais à propos d'amie, vous souvenez-vous de la belle Nathalie de M***, à qui tout souriait dans la vie? Fortune, naissance, esprit, talent, Dieu lui avait tout donné à profusion. Eh bien ! ma chère, cette âme d'élite, a offert tous ces trésors à celui à qui elle les devait, et aujourd'hui, revêtue de l'humble costume des filles de Saint Vincent de Paul, elle augmente la sainte cohorte des anges de la terre. Je ne saurais vous dire toutes les traverses qu'a dû surmonter sa vocation, toutes les persécutions même qu'elle a subies; Dieu était avec elle, et toute entrave a été brisée.

Ma vie, sur laquelle vous désirez quelques détails est calme et heureuse; mes plaisirs sont les mêmes que ceux que j'avais quand j'étais jeune fille : je cultive des fleurs, j'ai dans une volière, une foule de petits prisonniers; je surveille ma basse-cour et prends soin moi-même des gentils pensionnaires qui l'habitent; je vais de ma chèvre à mes poulets, de ceux-ci à mon colombier; et je mêle à tout cela les occupations de mon ménage et le soin de mon intérieur. Le matin, levée avec le soleil, j'ai le temps d'entendre la messe et de visiter mes pauvres, avant le réveil de mon mari; deux fois par semaine, l'après-midi, je lui vole deux heures pour faire le catéchisme aux enfants du village; le soir nous lisons en famille quelque bon livre, et nous causons. D'ordinaire, c'est mon frère qui fait la lecture, de sorte que je puis coudre et broder. A neuf heures, les domestiques viennent faire la prière avec nous; et après qu'ils se sont retirés, j'achève la soirée par la lecture de la vie du saint du jour suivant. Cette existence paraîtrait sans doute triste et monotone aux yeux des femmes du monde ; et cependant elle procure des jouissances que ne leur donnent assurément pas leurs bruyants plaisirs, aussi puis-je dire que je suis heureuse, trop heureuse peut-être ! car, dit-on, le bonheur n'est pas de ce monde, et je l'ai trouvé.

J'espère que le contenu de cette lettre donne un démenti à son début ; souvenez-vous, ma chère, que vous devez me passer toutes ces nouvelles en même monnaie, et que je compte sur une prochaine et longue lettre. En attendant et toujours, croyez-moi la plus sincère et la plus dévouée de vos amies.　　　　　A. D.

N° 77. — *Une fille à sa mère.*

Ma bien chère maman, notre éloignement nous afflige et nous inquiète toutes deux ; quant à moi, je vous assure que rien ne peut m'être plus pénible que de me voir ainsi séparée de vous, privée de ces conseils, de cette influence qui ont jusqu'à ce jour dirigé ma vie et assuré mon bonheur. Vous ne sauriez, depuis votre départ, reconnaître en moi cette personne toujours gaie et riante qui, disiez-vous, porte partout avec elle l'entrain et la bonne humeur ; je suis devenue sérieuse ; n'ai-je pas en outre de mon chagrin, à porter toute la responsabilité de mon ménage dont je me déchargeais si complétement sur vous ?

En cherchant bien comment je pouvais remédier à votre absence et combler le vide qu'elle laisse autour de moi, la pensée m'est venue de vous tenir au courant le plus exactement possible de ce qui se passe dans ma vie ; dois-je espérer, ma bonne mère, que vous voudrez bien suivre cet exemple. Comme je n'en finirais pas, si je me mettais à vous parler de moi et de mon intérieur, et qu'il ne resterait plus place pour autre chose, aurais-je à remplir dix feuilles de papier, commençons, si vous voulez bien, par les nouvelles étrangères.

On m'a dit ce matin que la jeune madame d'O... avait rompu avec sa mère, et lui avait déclaré net qu'elle était assez grande pour se conduire, et n'avait plus besoin de lisières. On ajoute que madame ***, en femme d'esprit, a voulu éviter les cancans, et que malgré cette odieuse conduite de sa fille, elle continue à la voir mais par politique et en cérémonie. Pensez-vous, chère maman, que ce soit possible? Il me semble qu'une fille bien élevée comme madame d'O..., ne peut oublier à ce point ce qu'elle doit de respect et de reconnaissance à une mère tendre et dévouée, et je suis persuadée que la malignité se sera emparée d'un fait insignifiant peut-être, et l'aura ainsi transformé en une véritable monstruosité, et je ne puis me lasser de me répéter combien un esprit mal fait qui grossit et envenime tout, est un affreux fléau.

J'ai hâte de reposer votre esprit et le mien sur des pensées plus riantes, et pour cela, laissez-moi vous parler de mon Alfred, qui demande sans cesse sa bonne maman et dont les progrès journaliers vous enchanteraient si vous étiez près de nous. Quel bon petit cœur ! hier matin, je lui avais donné à déjeuner un beau raisin ; — auriez-vous la bonté de me le couper en deux, me demanda-t-il avec ce petit air gentil que vous lui connaissez. Je coupe le raisin ; il soulève chaque morceau comme s'il voulait connaître quel est le plus lourd, et enfin se défiant de son jugement : — lequel choisiriez-vous, papa, demande-t-il à son père ? et aussitôt il met à part la partie désignée. Intrigués de ce petit manége, nous ne disons rien, mais nous observons. Au moment de partir pour la promenade, mon cher enfant a soin de placer le raisin dans la poche de sa bonne : qu'en veux-tu faire, mon ami, lui dis-je en l'embrassant? Manette a ordre de t'acheter un gâteau. Alors mon Alfred entoure mon cou, de ses petites mains, et murmure à mon oreille ces mots qui me pénètrent de joie : — Mère, à l'entrée du Luxembourg, il y a un petit garçon qui conduit son père aveugle et qui n'a jamais que du pain sec pour son déjeuner !... Vous devinez, chère maman, ce qui s'est passé ; au raisin j'ai joint une pièce de monnaie pour le vieux père, et pendant que, mon fils s'exerçait ainsi au sublime exercice de la charité, mon cœur qui débordait de joie s'élevait vers le Seigneur pour le remercier de m'avoir donné un si bon petit garçon. S'il est déjà si bienfaisant à quatre ans, que ne dois-je pas espérer de l'avenir.

Caroline vient d'entrer en pension, je regrette fort que son père nous l'ait enlevée si jeune. Elle était au désespoir de nous quitter, mais vous savez ce qu'est le désespoir d'un enfant ; quelques heures de récréation accordées en faveur de son arrivée, ont suffi à changer en joie et bonheur toute sa tristesse. Il n'en a pas été de même pour nous ; son départ laisse ici un vide immense ; il n'est pas jusqu'à son espièglerie que nous ne regrettions.

La cloche du dîner m'appelle, adieu ma bonne mère ; ma plume vous quitte, mais mon cœur resté avec vous pour ne jamais vous quitter.   A. D.

P. S. Ma lettre déjà sous enveloppe allait partir lorsque le courrier m'a appris une douloureuse nouvelle. Mon oncle Jean est mort subitement jeudi, au moment où il allait monter en voiture pour venir nous voir. Qu'est-ce donc que la vie? nous attendions sa visite et nous recevons l'annonce de sa mort. En voyant ainsi l'instabilité des choses humaines, on est saisi d'effroi et on sent doublement la tristesse de vivre loin de ceux qu'on aime.

LETTRES D'AFFAIRES.

N° 78. — *Une maîtresse de maison à sa femme de chambre.*

Je suis partie trop précipitamment, ma chère Justine,

pour vous laisser des instructions verbales suffisantes, et je veux y suppléer par cette lettre. 1° Vous aurez soin que les clefs de la lingerie, de la fruiterie, de l'office et de la cave, que je vous ai confiées, ne vous quittent jamais. 2° Vous ne laisserez pas perdre l'habitude que j'ai donnée à la cuisinière de me rendre compte chaque jour, et tous les soirs vous compterez avec elle et inscrirez les dépenses article par article. 3° Que tout le monde ait la messe, le dimanche, et l'office du soir autant que possible. 4° Vous veillerez à ce que, le vendredi matin, tous les restes des jours précédents soient distribués aux pauvres malades du village, afin que personne n'ait occasion de faire gras les jours maigres. 5° Vous aurez soin que l'argenterie soit comptée tous les soirs et montée dans votre chambre ; que personne ne sorte ou ne rentre après que vous serez couchée, et, à cet effet, vous vous ferez remettre les clefs des portes.

En outre de ces recommandations, qui portent sur des objets qui ne sont pas d'ordinaire dans vos attributions, il va sans dire, ma bonne Justine, que vous continuerez vos fonctions de lingère avec le même soin et le même ordre que de coutume. Je suis persuadée qu'à mon retour je n'aurai que des éloges à donner à votre bonne administration, car je connais et j'apprécie votre zèle et votre dévouement. En échange, vous saurez que toute ma confiance vous est acquise, ainsi que mon estime la plus affectueuse.   A. D.

No 79. — *Une jeune fille à sa bonne.*

Je sais combien maman est occupée, et, dans la crainte de l'importuner, c'est à vous, ma bonne Marianne, que je m'adresse pour vous rappeler que mercredi est jour de grande fête, et que mon armoire est vide. Il me faudrait une paire de bas fins pour mettre dans mes bottines de satin turc, une jupe amidonnée, un de mes mouchoirs de poche festonné, mon col brodé et les manches assorties ; soignez bien surtout ma robe de mousseline ; jugez s'il faut qu'elle soit fraîche : je porte les cordons de la bannière de la sainte Vierge !... Tâchez de m'apporter cela mardi, d'une heure à deux, afin que je puisse descendre au parloir le chercher et vous remercier moi-même de toute la peine que vous allez vous donner pour me faire belle. Je suis bien fâchée, avec les occupations que vous avez, de vous faire ainsi travailler, car je gage que rien n'est encore repassé ; mais je sais aussi que ma bonne Marianne ne se fatigue jamais quand il est question de m'être agréable ; aussi je l'aime bien tendrement et suis toute à elle.   A. D.

P. S. Présentez mes respects à ma chère maman, et veuillez lui dire qu'elle serait mille fois bonne de me mettre à même de contribuer à la petite collation que mes compagnes organisent pour mercredi soir.

No 80. — *A une couturière.*

C'est une bien triste chose, je vous assure, Madame,

que d'être à la campagne quand on a une si belle robe à faire faire ; j'aurais si bien voulu consulter votre goût sur la forme et la garniture ; mais, puisque j'en suis réduite à décider moi-même, voici à quoi je m'arrête. Vous aurez l'obligeance de me faire une taille à grandes basques, garnies d'une ruche pareille, et découpée à l'emporte-pièce. Ceci par économie, parce que j'ai beaucoup d'étoffe. Cependant, si vous préfériez simplement un petit effilé, et que le prix de toute la garniture ne dût pas dépasser une dixaine de francs, vous renonceriez à la ruche. Dans ce cas, mettez de côté les restes pour un second corsage. Je compte sur ma robe pour les premiers jours de la semaine prochaine. Je vous prie de recevoir mes remercîments pour les soins que vous allez y donner, ainsi que les nouvelles assurances de ma parfaite considération.

A. D.

N° 81. — *Une jeune personne à son père.*

Mon cher papa, je viens d'apprendre que mon vieux professeur de musique, gravement malade depuis quelques mois, est dans la plus grande détresse. Vous vous souvenez que c'est à ses soins affectueux et persévérants que je dois d'avoir triomphé de mon inaptitude musicale, et vous devez comprendre toute la peine que j'éprouve, vous, surtout, qui savez si bien ce qu'impose la reconnaissance. J'ose donc espérer, mon cher papa, que non-seulement vous agréerez la résolution que je viens de prendre, sauf votre approbation, mais encore que vous m'en faciliterez l'exécution. Voici ce dont il s'agit : Les 20 francs que vous avez la bonté de me donner tous les mois forment une rente de 240 francs dont, jusqu'à ce moment, j'ai toujours si bien trouvé moyen de faire emploi, que ma pauvre bourse est entièrement à sec. Je viens de calculer que les dépenses qui sont à ma charge, réduites au strict nécessaire, et jointes aux petites charités que je fais régulièrement, peuvent se borner à 10 francs par mois ou 60 francs par semestre, économie qui, à la fin de ce semestre, me permettrait de disposer de 60 francs. C'est cette somme que je voudrais, mon bon petit père, que vous ayez la bonté de m'avancer et de faire remettre, sans indiquer d'où elle vient, à M. B., rue de Condé, n° 12. Il est bien entendu que vous rentrerez dans ces 60 francs à raison de 10 francs par mois que vous prélèverez sur ma pension. Je doute si peu que vous adhériez à cet arrangement, que, par avance, je vous envoie mille remercîments, auxquels je vous prie de joindre mille tendresses et mille baisers.

Votre fille soumise et bien affectionnée.

A. D.

N° 82. — *Une mère de famille à une amie de Paris.*

Vous m'avez offert vos services à Paris, et comme je sais, chère madame, que toute votre bienveillante indulgence m'est acquise, je n'hésite pas à abuser de vos bontés. Le nouvel an approche; que de présents à offrir, et, partant, que d'argent à dépenser! or, pour une mère de famille, la première nécessité est de mettre de l'économie dans ses achats ; c'est ce dernier motif, bien plus encore que la facilité du choix, qui m'a décidée à avoir recours à votre complaisance pour mes petites emplettes d'étrennes. Voici donc ce que j'attends de votre gracieuse complaisance :

1º Pour chacune de mes filles, une châtelaine en martre du Canada, de 25 à 30 francs, s'il est possible d'avoir quelque chose de convenable à ce prix. Sinon, trois talmas en drap gris, bordés d'un galon. J'en ai vu à 25 francs, achetés à Paris, que nous paierions ici 40 francs au moins.

2º Pour mon fils aîné, une jolie boîte de mathématiques en rapport avec ses vingt ans et son titre d'aspirant à l'École polytechnique ; enfin, pour un *bambin* de neuf ans, un album richement enluminé. Il va sans dire que pour accompagner tout cela, il faut force bonbons que croqueront à l'envi, je vous assure, grands et petits enfants. Je ne voudrais pas dépasser cependant pour ce dernier aritticle une quinzaine de francs. Surtout pas de cartonnages, de corbeilles, mais simplement des sacs de papier blanc ; ces jolies fantaisies me semblent de l'argent perdu, lorsque les bonbons ne sortent pas de la famille.

3º Pour mes domestiques, je voudrais, deux bons tartans anglais pareils, carrés et bien chauds, de 18 à 20 francs chacun, pour ma bonne d'enfant et ma femme de chambre qui sont sœurs ; quant à ma cuisinière, je suis assez embarrassée ; la brave fille a cinquante ans, est bien montée en vêtements, et je ne sais trop ce qui pourrait lui être

5

agréable. J'avais pensé à une jolie dentelle pour un bonnet ; mais elle en a quatre à cinq qu'elle ne met qu'une fois par an. Que penseriez-vous d'un crochet en argent, avec trois chaînons du même métal, pour recevoir les clefs et les ciseaux qui ne quittent jamais ma bonne Agathe, et remplacer le même objet en acier qu'elle porte depuis vingt ans ; ou bien une paire de boucles d'oreilles en or, à larges anneaux, avec un faux rubis ou une fausse turquoise, comme on les portait il y a trente ans, et comme on en fait, je crois, encore, pour l'exportation ?

Voilà pour la famille. Il me faut encore songer aux enfants de l'ouvroir et aux jeunes filles qui viennent à nos instructions du jeudi, et auxquels je voudrais distribuer deux ou trois livres de bonbons, dragées et pralines, à 1 franc 50 centimes ; plus une douzaine de journées du chrétien, reliées en basane ; une douzaine de chapelets en grains de bois noir, montés en laiton, et autant de médailles de l'archiconfrérie, en argent, mais ne dépassant pas 30 à 40 centimes chacune.

Permettez que pour abréger cette lettre, si longue déjà, je me borne, au lieu des excuses et des remercîments que je vous devrais, à vous embrasser bien sincèrement et à me dire, chère madame, votre amie bien dévouée et reconnaissante.   A. D.

N° 83. — *A une marraine.*

Ma chère marraine, merci mille fois, du joli présent par lequel vous voulez bien récompenser mon application

de l'année et mes succès au concours. Ces 100 francs me
sont d'autant plus précieux, qu'en m'en laissant le libre
emploi, vous me montrez une confiance dont je saurai
me rendre digne. La générosité de mes parents ne me
laissant rien désirer sous le rapport de la toilette et des
menues dépenses, je vous serai bien reconnaissante, ma
chère marraine, d'employer cette somme à me former
un noyau de bibliothèque que toutes mes économies,
désormais, tendront à augmenter. Je voudrais :

1° Dix volumes à 1 fr. 50 c., parmi lesquels seraient
compris les *Conseils à une jeune fille*, — l'*Éducation des
jeunes filles*, l'*Histoire de l'Algérie* et le *Style épistolaire* de madame la comtesse Drohojowska, — *Clotilde*,
par madame Tarbé des Sablons, — le *Guide de la vraie
piété* et les *Délassements permis*, du R. P. Huguet, et
trois autres ouvrages à votre choix. Ces dix volumes
représentent. . . . . 15 fr. » c.

2° Une *Imitation de Notre-Seigneur-
Jésus-Christ*, traduction de M. de Lamen-
nais, dont je ne connais pas le prix, et que
que j'évalue, toute réliée, à. . . . . 4 »

3° Le *Petit Carême*, de Massillon. . . 3 »

4° Les *Lettres de saint François de Sales* et l'*Introduction à la vie dévote*. . . 5 »

5° Les *Œuvres de madame de Maintenon*, en 5 volumes. 17 50

6° Les *Œuvres de R ·cine*, en 2 volu-

Total. . . . 44 50

Report. 44 50

mes in-8°. . . . . 10 »

7° Les *Femmes illustres de France et d'Europe* et les *Femmes pieuses de la France.* . . . . 32 »

Total. . . 86 fr. 50 c.

8° Les *Fêtes chrétiennes* et les *Sacrements de l'Église*, par le vicomte Walsh. — Ces derniers ouvrages dont j'ignore le prix exact, joints aux 86 fr. 50 c. du total qui précède, atteindront, je pense, le chiffre de 100 francs.

Ayez la bonté, ma chère tante, de modifier ce que vous jugerez convenable à cette note que je ne vous envoie que pour obéir à votre désir, car je suis assurée que votre choix eût été bien mieux fondé que le mien, et avec mes très-humbles excuses pour l'embarras que je vais vous donner, daignez agréer l'hommage de mon plus tendre respect, et me croire votre bien soumise et affectionnée filleule. A. D.

N₀ 84. — *A une amie.*

Je comprends parfaitement, ma chère Louise, que ce que tu as entendu dire des bons résultats de notre association de bienfaisance, t'ait donné l'idée d'en créer une semblable, et comme je suis convaincue que rien ne peut être plus utilement propagé que les œuvres de charité, je m'empresse de t'envoyer à cet égard tous les renseignements que tu désires. Nous nous réunissons trois

fois par semaine pour travailler au profit des pauvres.
Toute associée qui manque une réunion est passible,
quels que soient les motifs qui l'aient retenue, à moins
qu'il ne s'agisse de maladie grave, d'une amende de
2 fr., qui va grossir notre caisse des pauvres. Je dois dire,
à la louange de nos dames, que les absences sont rares.
Chaque associée peut amener avec elle des dames ou des
jeunes personnes non associées, mais à condition qu'elles travailleront à l'atelier et se soumettront pendant
qu'elles y seront à notre règlement.

Nous avons trois ateliers bien distincts : le premier,
celui des ouvrages de luxe, fournit à nos loteries de jolis
lots ; le second est l'atelier de couture où se confection-
nent les layettes, vêtements, etc., que nous distribuons
aux pauvres familles. Enfin le troisième qui réunit les
personnes qui ne savent pas travailler ou qui n'y voient
plus assez, est occupé à faire de la charpie, à tricoter, etc.

Ces trois ateliers sont réunis dans la même pièce, mais
autour de trois tables séparées ; chacun à sa présidente,
qui distribue le travail et exerce une sorte de surveillance. — Le temps est partagé entre la lecture à haute
voix, qui est pour les trois ateliers, ou des conversations
à demi voix, ordinairement particulières à chaque atelier, mais qui peuvent devenir générales sans infraction
au règlement. Nous avons un bon piano, et entre la lecture et la conversation, on fait un peu de musique, on
chante avec accompagnement quelque pieuse mélodie,
quelque beau cantique.

Nos réunions ont lieu de onze heures à cinq heures en été, et en hiver de onze heures à quatre heures, le mardi et le samedi, et de sept heures à dix heures du soir le jeudi.

Pour les autres détails de l'œuvre, je joins à ma lettre une copie de notre règlement, et je ne puis trop t'engager à donner suite à ton projet. En outre d'un grand soulagement pour les pauvres, vous y trouverez un profit personnel dont tu ne peux te faire une idée. Rien en effet ne ranime mieux la foi et la piété que ces lectures et ces conversations édifiantes ; rien n'est plus opposé à ces rivalités mondaines qui sont si funestes, que l'émulation qui s'établit entre nous ; rien enfin n'est meilleur à l'esprit et au cœur que la douce gaîté qui préside à nos réunions.

Je te quitte sur cette bonne pensée, et suis toujours toute à toi.　　　　　　　　　　　　　A. D.

CORRESPONDANCE INTIME.

LETTRES DIVERSES.

N° 85. — *Madame de Sévigné à madame de Grignan.*

Voici un terrible jour, ma chère enfant ; je vous avoue que je n'en puis plus. Je vous ai quittée dans un état qui augmente ma douleur. Je songe à tous les pas que vous faites et à tous ceux que je fais, et combien il s'en faut qu'en marchant toujours de cette sorte, nous puissions jamais nous rencontrer ! Mon cœur est en repos quand il est auprès de vous ; c'est son état naturel, et le seul qui peut lui plaire. Ce qui s'est passé ce matin me donne une douleur sensible, et me fait un déchirement dont votre philosophie sait les raisons. Je les ai senties et les sentirai longtemps. J'ai le cœur et l'imagination tout remplis de vous ; je n'y puis penser sans pleurer, et j'y pense toujours ; de sorte que l'état où je suis n'est pas une chose soutenable : comme il est extrême, j'espère qu'il ne durera pas dans cette violence. Je vous cherche toujours, et je trouve que tout me manque, parce que vous me manquez. Mes yeux, qui vous ont tant rencontrée depuis quatorze mois, ne vous trouvent plus. Le temps agréable qui est passé rend celui-ci douloureux, jusqu'à ce que je sois un peu accoutumée ; mais ce ne sera jamais assez pour ne pas souhaiter ardemment de vous revoir et de vous embrasser : je sais ce que votre absence m'a fait souffrir, et je serai encore plus à plaindre, parce que je me suis fait imprudemment une habitude nécessaire de vous voir. Il me semble que je ne vous ai pas assez embrassée en partant. Qu'avais-je à ménager ? Je ne vous ai point assez dit combien je suis contente de votre tendresse ; je ne vous ai point assez recommandée à M. de Grignan ; je ne l'ai point assez remercié de toutes ses politesses et de toute l'amitié qu'il a pour moi ; j'en attendrai les effets sur tous les chapitres. Je suis dévorée de curiosité ; je n'espère de consolations que de vos lettres, qui me feront encore bien soupirer. En un mot, ma fille, je ne vis que pour vous. *Dieu me*

*fasse la grâce de l'aimer quelque jour comme je vous
aime* (1)! Jamais un départ n'a été si triste que le nôtre;
nous ne nous disions pas un mot. Adieu, ma chère enfant; plaignez-moi de vous avoir quittée. Hélas! nous
voilà dans les lettres!

N° 86. — *Une fille à sa mère après une séparation.*

Vous dire, ma bonne mère, combien, depuis que je
vous ai quittée, je me sens triste, désolée, incertaine, me
serait impossible. Pourrai-je vivre sans vous? Voilà ce
que je me demande à chaque instant et, en dehors de
mon cœur qui se lamente et dit non, mon esprit me répond : Que feras-tu, pauvre femme sans expérience, privée des conseils journaliers d'une amie si tendre, d'un
guide si sûr!!... Je vais donc avoir désormais à penser
et à vouloir par moi-même, moi qui, jusqu'à ce jour,
n'agissais que par vos ordres et votre volonté; cette responsabilité qui va peser sur moi m'épouvante, et j'ai
grand besoin, ma mère bien-aimée, que vous demandiez
à Dieu de me soutenir et de me guider.

Quel vide autour de moi!... Rien ne me plaît, tout me
fatigue et m'ennuie; vous n'êtes plus là, et je vois maintenant que c'était votre présence chérie qui donnait de la
vie et de l'attrait à tout ce qui m'entoure. Seule! ah!
l'affreux mot, l'horrible chose. Chaque heure me paraît
un siècle, et cependant je voudrais empêcher le temps

(1) Cette phrase hyperbolique est déplacée dans cette belle lettre.
(*Note de l'auteur*).

de fuir si vite, car chaque minute vous éloigne encore plus de moi. Je vous en conjure, accordez-moi la seule compensation que je puisse trouver à votre absence ; écrivez-moi souvent, et que ces lettres soient bien, bien longues, afin que, par la pensée du moins, je sois près de vous. La lecture de ces lettres et de celles de mon mari, que le courrier d'Algérie me fait si souvent attendre, seront mes seuls moments de joie, et vous m'aimez trop pour ne pas les rendre aussi fréquents que possible.

Adieu, ma bonne mère, vous savez combien je vous aime, je me bornerai donc à vous dire que ma douleur et mes regrets sont aussi profonds que ma tendresse et ma reconnaissance sont sincères.

Votre fille désolée et bien affectionnée.

A. D.

N° 87. — *L'abbé Lemaire à Ducis.*

Les hommes ont beau faire, mon ami, il n'en arrivera que ce qu'il plaira à Dieu. Quant à moi, je suis prêt au départ. La vie que je mène depuis six semaines n'est pas si rude que vous vous le figurez. Je possède ici mon cœur en paix ; j'y dors d'un bon somme ; j'y prie Dieu pour vous, pour moi ; je le bénis de m'avoir donné un ami chrétien, dont la charité courageuse m'a ému profondément, car j'ai tout su. Que votre zèle s'arrête là, mon ami ; en voilà bien assez. Ne gâtez point mon repos par des inquiétudes sur vous, je vous en prie, et, au besoin, je vous l'ordonne. Si Dieu m'appelle à lui par cette voie, j'aurai connu, grâce à vous, ce que la vie et la mort peuvent avoir de plus doux.

Adieu, cher Ducis ; quoi qu'il arrive, nous nous reverrons ; adieu, soumettez-vous et ne me répondez pas.

L'abbé LEMAIRE.

Nº 88. — *Madame d'Abrantès à sa fille Marie.*

Il est vrai que j'espérais, ma chère enfant, être auprès de vous à l'époque du 15 août. Je souhaitais célébrer, dans votre pieuse et solitaire petite chapelle, la grande fête qui s'approche. C'est la vôtre aussi. Votre patronne, modèle de toutes les femmes, l'est encore plus spécialement de celles qui sont nées, comme vous, sous sa protection immédiate.

Méditez ses vertus, ma chère enfant ; honorez-la en l'imitant, elle n'accepte pas un autre culte ; et tous ceux qu'on lui rend, s'ils ne sont unis à celui-là, ne lui sont pas agréables.

Ce que je vous recommande surtout, ma fille, c'est de bien méditer la vie cachée de *Marie*; il y a dans cette obscurité des beautés inouïes : c'est la première des grandeurs de *Marie*.

Vivez simplement de la vie commune, en vous méfiant des défauts ordinaires chez ceux qui se sont élevés euxmêmes. Ils gardent l'exagération des vertus qu'ils se sont données ; cette exagération amène naturellement deux défauts qui prevalent sur toutes les qualités, le contentement de soi-même et le mécontentement des autres.

La vertu qui se montre n'est un objet d'admiration que pour celui qui l'a ; pour le monde alors, plus il en voit, plus il en exige.

Prenez garde aussi, mon enfant, de vouloir vous élever trop haut, soit dans vos pratiques religieuses, soit dans vos relations avec le monde. Vivre dans une région plus élevée que les autres, c'est se préparer d'amers chagrins pour l'avenir. Plus vous vous séparez ainsi du commun de la vie, moins de sympathies vous rencontrez. Votre cœur alors, blessé à chaque instant parce qu'il sera hors du vrai, ne se reposera ni en Dieu, puisqu'il aura cherché les créatures, ni dans les créatures, parce qu'aucun bonheur n'est en elles.

Remarquez avec moi la vie de la *sainte Vierge :* que fut-elle ? une femme ordinaire ; que nous montre-t-elle dans le peu de bruit que fait son histoire parmi le monde ? des vertus simples, silencieuses et cachées.

Au moment où vous n'y songerez pas, vous serez brisée par un de ces coups terrestres, qui viennent toujours fondre sur l'âme qui croyait mieux les éviter. La terre vous punira de votre orgueil, parce qu'involontairement vous la rechercherez, et qu'il sera trop tard alors pour que vous puissiez unir aux pensées dont elle deviendra l'objet, les pensées célestes qui doivent dominer sur elles.

Voyez-vous, ce n'est qu'une expérience, et une expérience rudement acquise, qui peut faire comprendre ces choses. On croit toujours que plus on se séparera du monde, plus on sera vertueux, sans prévoir qu'au jour où on se mêlera à la foule humaine, on sera tout surpris de n'avoir acquis ni force ni sagesse.

C'est comme un enfant auquel on n'aurait pas appris à marcher, et qui, devenu homme, voudrait aller tout seul ; au premier pas, il se casserait infailliblement la tête.

Aviez-vous donc pensé que je pourrais venir cette année ? Non, cela ne m'est pas possible ; je le regrette bien, je vous assure, et vous remercie de le regretter aussi.

Offrons à Dieu cette privation, ma fille, et n'en parlons plus. Au remords seul les larmes, aux regrets de la terre une pensée pour le ciel, et tout, en face de lui se calme et s'oublie.

Adieu, ma chère enfant.

Nº 89. — *Un officier de l'armée d'Orient à ses parents.*

Mes bons parents, jusqu'à ce jour la maladie et la guerre m'ont épargné, je n'ai pas même trop souffert de la fatigue et des privations, et cependant l'idée de la mort ne me quitte pas. Mais ne croyez pas, mes chers parents, que ce soit une triste et sombre prévision qui m'assiége ; non, je suis gai, content, heureux même, seulement je songe qu'une balle, à toute heure, peut m'atteindre, et grâce aux bons principes que je tiens de votre tendresse, je fais en sorte d'avoir mes comptes avec le bon Dieu le plus en règle possible. Je ne veux pas aussi quitter ce monde sans vous faire mes adieux, sans vous consoler moi-même et vous affirmer qu'un chrétien et un soldat meurt sans regret, lorsqu'il donne sa vie pour son pays. Certes, si mon corps demeure sur le sol étranger, ce ne sera pas moi qu'il faudra plaindre, c'est la plus belle mort que puisse désirer un homme ; mais vous, ma mère, vous si tendre et si aimante ; vous, mon père, si bon et si dévoué, quelle douleur sera la votre ! Je suis fort et calme devant le danger, mais en présence de cette idée, je pleure comme une jeune fille.

Et cependant la vie est si amère parfois, tandis que le repos dans le sein de Dieu nous promet tant de félicité ! Que cette pensée, ô mes parents chéris, domine toutes les autres, si jamais cette lettre vous est remise, et les pleurs que vous verserez perdront de leur amertume, et votre douleur sera calme et résignée, et vous attendrez avec patience le jour heureux où, dégagés à votre tour des liens terrestres, vous viendrez me rejoindre dans l'é-ternité...

Adieu mon père, adieu ma mère, j'entends la trompette, c'est le signal ; je cours à l'assaut : cette lettre va reposer sur mon cœur et ne le quittera, comme votre souvenir aimé, que lorsqu'il aura cessé de battre... Adieu.., Adieu...   A. D.

N° 90. — *Clément XIV au comte Algarotti,*

Mon cher comte,

Arrangez-vous, malgré votre philosophie, de manière

que je vous voie dans le ciel ; car je serais bien fâché de vous perdre de vue durant une éternité.

Vous êtes un de ces hommes rares pour l'esprit et pour le cœur, qu'on veut aimer même au delà du tombeau, quand on a l'avantage de vous connaître ; et personne n'a plus de raison que vous pour se convaincre de la spiritualité de l'âme et de son immortalité. Les années coulent pour les philosophes comme pour les ignorants, et ce qui doit en être le terme ne peut qu'occuper un homme qui pense.

Avouez que je sais accommoder les sermons de manière à ne pas effaroucher un bel esprit, et que si l'on prêchait aussi brièvement, aussi amicalement, vous entendriez parfois le prédicateur ; mais il ne suffit pas d'écouter, il faut que cela passe dans le cœur, que cela y germe, et que le tout aimable Algarotti devienne aussi bon chrétien qu'il est bon philosophe ; alors je serai doublement son serviteur et son ami.

No 91. — *Lettre de la princesse Palatine sur l'Espérance.*

A quoi pensez-vous, ennemis déclarés du plus grand bien de la vie et des plus doux plaisirs du cœur ? Quel démon vous inspire d'employer des esprits aussi délicats que les vôtres pour soutenir un si méchant parti ? Haïssez-vous assez l'espérance pour renoncer même à celle de la louange et de l'estime du public ? De quelle secte pouvez-vous être, ou de quelle religion êtes-vous, de parler si hardiment contre l'opinion des sages et contre

la loi de Dieu ? Que vous a-t-elle fait, cette espérance aimable, pour la bannir ainsi de la société humaine et du
commerce des honnêtes gens ? Qu'a-t-elle de commun
avec les passions déréglées et les désirs ridicules des
visionnaires ? Pourquoi ne séparez-vous pas les préten-
tions légitimes d'avec les chimériques souhaits ? Ne sau-
rait-on espérer avec un esprit tranquille ce qu'on désire
avec raison ? Quelle humeur maligne vous fait prendre un
parti si proche de celui du désespoir ? Ce monstre abo-
minable, ce partage des lâches et des damnés, pourrait-
rait-il séduire assez vos esprits pour vous rendre protec-
teurs d'une si terrible opinion ? Ne voyez-vous pas qu'en
voulant combattre les vices, vous querellez les vertus,
dont l'espérance sans doute est la plus noble et la plus
utile ?

Que peut-on faire sans espoir ? Y a-t-il quelque action
dans la vie qui s'en puisse passer ? Et vous-mêmes, en la
condamnant, n'avez-vous pas eu quelque espérance de
nous persuader de n'en avoir plus, et d'attirer nos louanges par la beauté de vos lettres et la nouveauté de vos
raisonnements ? Que si vous n'avez pas réussi, la faute en
est à la cause que vous soutenez, et non pas à votre espoir. L'espérance en elle-même n'a rien que d'aimable
et de bon ; elle élève le cœur des honnêtes gens, elle
fortifie les faibles, et ne peut nuire qu'aux impertinents
et aux ridicules, qui ne s'en servent jamais qu'en se trom-
pant eux-mêmes dans la vanité de beaux desseins. L'espérance est enfin le dernier bien des misérables. Que

vous a-t-elle donc fait pour la traiter si mal? ou plutôt, que vous a fait le genre humain pour le priver d'un bien que les tyrans et la mauvaise fortune n'ont jamais pu ôter aux plus malheureux ? L'espérance a toujours préparé les chemins de la gloire ; et tous les héros, dont on en trouve encore quelques-uns aujourd'hui, n'ont peut-être jamais vu leurs victoires aller plus loin que leur espoir. Il est permis de mesurer son espérance à son courage ; il est beau de la soutenir malgré les difficultés ; mais il n'est pas moins glorieux d'en souffrir la ruine entière avec le même cœur qui avait osé la concevoir.

Laissez-nous donc espérer, puisqu'aussi bien ne sauriez-vous nous en empêcher. Instruisez-nous, si vous voulez, à régler nos souhaits ; apprenez-nous à choisir nos désirs ; mais permettez-nous de nous consoler de nos mauvais succès par la satisfaction d'avoir eu des espérances bien fondées, et songez que souvent la perte d'un bien longtemps attendu n'est la douleur que d'un jour, au lieu que la joie de l'avoir espéré a fait le bonheur de plusieurs années et la douceur de mille agréables moments. Ne parlez donc plus contre cette espérance si aimable et si chère. Qu'elle soit sèche ou non, le mérite en est égal.

Nᵒ 92. — *Réponse de madame de Maintenon à la communauté de Saint-Cyr.*

Du jour de la migraine 1697.

A la dépensière (madame de Thumery).

Il est plus aisé d'admirer que d'imiter une dépensière qui sait contenter toutes les particulières en épargnant le bien général; nous en jugerons à mon retour.

A la dépositaire, (madame de Fontaines).

Les grands personnages sont seuls considérés et enviés, mais ils ne sont guère divertis, et je vous trouve fort heureuse d'avoir mangé des pêches quoiqu'un peu tard.

A ma sœur de Veilhan.

Quoi! ma fille, il faut que cinq cent mille hommes s'égorgent pour vous animer et la paix vous rend stupide! je traiterai cette question à mon retour.

A ma sœur de Jas.

Vous êtes un pauvre mouton à qui on fera toujours de grandes injustices, ma chère sournoise, mais des pensées vous dédommageront des pensées que vous retiendrez.

A ma sœur de Berval.

Ce n'est point assurément votre inclination naturelle qui vous fait préférer une conférence à des pêches mangées dans le jardin! pensez pour vous consoler au res-

pect que vous vous attirez; je n'ai pu m'en défendre
moi-même, en lisant ce que vous m'avez écrit.

A ma sœur Gauthier.

La paix est certaine et sera bientôt complète; l'état du
prince de Conti n'est pas le même; son concurrent est
couronné, mais son parti subsiste; il faudra mettre des
châtaignes au lieu de pêches à la récréation.

A ma sœur de Montalembert.

C'est bien prendre son parti d'imiter ma sœur Marie-
Élisabeth dans son emportement sur la paix, et de passer
légèrement sur le reste de ses actions; n'épuisez pas toute
votre joie, ma cousine, je veux vous en voir à mon retour.

A ma sœur de Blosset.

C'est une heureuse stupidité de ne pouvoir comprendre qu'on manque à sa règle, et c'est un grand préser-
vatif contre la tentation d'avoir la faute d'Adam toujours
devant les yeux.

A ma sœur de Butery.

Vous êtes la plus obligeante, car vous songez à me rappeler et à désirer de m'avoir avec vous, tandis que les
autres ne pensent qu'à des pêches.

A ma sœur de Saint-Pars.

Je crois vous voir arriver à une récréation commencée,
et tout le monde se réjouissant sans vous en dire le sujet,
je suis ravie que vous ayez pensé à moi.

A ma sœur de Radouay.

Je ne pense pas que vous puissiez partir que vers le mois d'août, en 1698; prenez vos mesures là-dessus et n'emportez pas notre argent.

A ma sœur de Rocquemont.

Vous êtes bien ingrate au don que vous avez reçu pour le style, et le vôtre n'a de défaut que d'être trop succinct.

A notre mère.

Je n'ai vû aucune faute dans l'aimable lettre que j'ai reçue; elle m'a fait plaisir et je quitte tout pour y répondre. Adieu, ma chère fille, n'oubliez rien pour vous sanctifier et pour réjouir les nôtres. Plus je vais et plus je vois clairement qu'il n'y a de joie qu'en Dieu. Votre dignité m'impose le sérieux, et je n'ose badiner avec vous.

N° 93. — Madame de Maintenon au noviciat de la maison de Saint-Cyr.

Je voudrais bien troùver le temps de répondre au noviciat comme je l'ai fait à la communauté, et pour commencer par vous, ma chère sœur, je vous dirai que si les précepteurs vous ressemblaient, on ne serait pas si pressé de leur faire faire serviteurs; vous n'avez de commun avec eux que la tendresse pour vos pupilles.

A ma sœur de Bouju.

Votre intérêt me touche plus que le mien et j'aime

encore mieux que vous fassiez votre devoir à la récréation, que de garder toute votre joie pour moi.

A ma sœur de Sailly.

Je ne sais en effet, ce que vous ferez quand vous n'aurez que des personnes recueillies au réfectoire, et je ne suis pas fâchée que vous en ayez senti l'inconvénient.

A ma sœur de la Combe.

C'est une grande marque de votre amitié, ma chère fille, d'avoir pensé à moi, au milieu de vos embarras; je vous assure que je ne vous oublie pas parmi des gens qui valent bien votre tailleur, votre cordonnier et madame Girard (1).

A ma sœur de Champigny.

Vous m'avez fait trembler en me disant que les carrosses roulent dans votre cour; je veux espérer pour ma consolation, que vos oreilles sont encore étourdies de ceux du *quartier*, mais que vous n'en entendez plus d'autres.

A ma sœur de Glapion.

Je vous sais très-bon gré d'avoir mieux aimé la récréation que d'être malade; ne me réservez point des actes de votre vertu dominante, votre fonds n'est pas aisé à épuiser et ira bien jusqu'au 26 de ce mois.

A ma sœur Hallé.

La dignité et l'autorité sont des viandes bien creuses et

---

(1) Madame Girard était la couturière de Saint-Cyr. — Madame de la Combe était alors chargée de la roberie.

la louange est peu propre à réparer l'épuisement d'une personne qui ne mange pas assez ; je plains encore plus que je ne vous plains celle qui aurait pu vous avoir auprès d'elle, car je sais que vous êtes de très-bonne compagnie quand vous le voulez.

A ma sœur de la Haie.

Vous avez raison de craindre celles qui en savent trop ; redoublez votre vigilance sur l'aimable troupeau que Dieu vous a confié.

A ma sœur de la Rouzière.

C'est être parfaite que d'être jugée en même temps propre aux divertissements et aux retraites ; souvenez-vous de moi dans les vôtres.

A ma sœur de Lagny.

Vous êtes supérieure de la quatrième partie de l'ordre, mais non pas chef d'ordre, à moins que vous n'en vouliez faire un particulier des *rouges* qui le mériteraient.

A ma sœur de Veldentz.

Je ne vous ai jamais vu l'immobilité d'une bûche, et je ne vous souhaite point la qualité d'auteur ; continuez, ma fille, à vous laisser remuer par votre habile maîtresse, et tout ira bien.

A ma sœur de Gruel.

Tant qu'on m'écoutera à Saint-Cyr, la petitesse du

corps ne nuira point, pourvu que le courage soit grand.

A ma sœur de Roffiac.

Il faut vous accoutumer au bruit, ma chère sœur, car je veux espérer que vous y êtes destinée.

A ma sœur de Saint-Léger.

Je voudrais que vous fussiez encore plus bas pour espérer une grande élévation; soyez courageuse, je ne vois plus que mollesse.

A ma sœur de Baulieu.

Je ne crois point que vous vouliez surpasser vos sœurs et je suis bien aise que vous ayez voulu les imiter en me faisant une petite amitié, car j'en ai beaucoup pour vous.

A ma sœur du Londe.

On a bien autre chose à faire qu'à écrire des lettres à des novices, et pour avoir une de mes lettres, il faut qu'il vous en coûte de faire profession.

A ma sœur de Malezieux.

Comptez et recomptez votre linge, cet exercice pour Dieu vaut mieux que d'être sur un trône; mais il faut s'y donner tout entière.

A ma sœur de la Neuville

J'aime fort vos prières; je les crois agréables à Dieu, et j'ai de grandes espérances que, selon l'esprit de votre institut, vous joindrez Marthe à Marie.

A ma sœur de Fauquenbergue.

Le vilain temps deviendrait beau pour moi s'il me ramenait à Saint-Cyr, mais il n'y a point d'état, mes chères filles, où il ne faille renoncer à sa volonté.

A ma sœur de Cuves.

Guérissez, mes chères filles, et soyez assez complaisantes pour être toutes debout à mon retour.

A ma sœur de Vendam.

Si vous m'avez tout dit, vous m'avez dit le principal, et je vous assure que je désire ce que vous désirez.

A ma sœur de Saint-Périer.

Vous verrez clair, ma chère fille, quand vous vous donnerez tout entière à ce qu'il faut que vous regardiez et ce qui nous empêche souvent de voir ce que nous devons, c'est que nous voulons voir ce qui n'est pas commis à nos soins.

A ma sœur de Guiry.

Je voudrais bien réformer quelque chose dans votre charge, et que l'on eût à Saint-Cyr des lampes moins incommodes ; acquittez-vous bien de votre emploi qui est tout aussi bon qu'un autre.

A ma sœur de Marans.

Vous écrivez mieux que vous ne parlez, ma chère

sœur, ce qui marque que vous savez penser et qu'il n'y aurait qu'à desserrer vos dents.

Au noviciat.

Vous avez raison, mes chères filles, et tout Fontainebleau ne peut fournir un instant de vrai plaisir. Le meilleur parti qu'on en peut tirer, c'est d'y prendre patience quand Dieu nous y retient et de s'y recommander aux prières de ma sœur Marie-Élisabeth.

Aux sœurs converses.

Réjouissez-vous et travaillez, mes chères filles, vous avez part à tout le bien qui se fait chez vous, et je vais plus que jamais m'occuper de ce qui regarde vos intérêts, pour le temps et pour l'éternité.

FIN.

CORBEIL, typographie de CRÉTÉ.

www.ingramcontent.com/pod-product-compliance
Lightning Source LLC
Chambersburg PA
CBHW060819250626
47162CB00005B/1858